外国文学名著丛书

〔古希腊〕欧里庇得斯 / 著

欧里庇得斯悲剧二种

罗念生 / 译

"外国文学名著丛书"编委会

人民文学出版社

'Ευριπίδης'
ΜΗΔΕΙΑ
ΤΡΩΑΔΕΣ

图书在版编目(CIP)数据

欧里庇得斯悲剧二种/(古希腊)欧里庇得斯著;罗念生译.—北京:人民文学出版社,2021
(外国文学名著丛书)
ISBN 978-7-02-015885-0

Ⅰ.①欧… Ⅱ.①欧…②罗… Ⅲ.①悲剧—剧本—作品集—古希腊 Ⅳ.①I545.32

中国版本图书馆 CIP 数据核字(2019)第 275630 号

责任编辑	张欣宜
装帧设计	刘　静
责任印制	王重艺

出版发行	人民文学出版社
社　　址	北京市朝内大街 166 号
邮政编码	100705
网　　址	http://www.rw-cn.com
印　　刷	天津画中画印刷有限公司
经　　销	全国新华书店等
字　　数	90 千字
开　　本	850 毫米×1168 毫米　1/32
印　　张	5　插页 3
印　　数	1—4000
版　　次	1958 年 9 月北京第 1 版
印　　次	2021 年 1 月第 1 次印刷
书　　号	978-7-02-015885-0
定　　价	39.00 元

如有印装质量问题,请与本社图书销售中心调换。电话:010-65233595

欧里庇得斯

出版说明

人民文学出版社自一九五一年成立起,就承担起向中国读者介绍优秀外国文学作品的重任。一九五八年,中宣部指示中国科学院文学研究所筹组编委会,组织朱光潜、冯至、戈宝权、叶水夫等三十余位外国文学权威专家,编选三套丛书——"马克思主义文艺理论丛书""外国古典文艺理论丛书""外国古典文学名著丛书"。

人民文学出版社与中国科学院文学研究所,根据"一流的原著、一流的译本、一流的译者"的原则进行翻译和出版工作。一九六四年,中国社会科学院外国文学研究所成立,是中国外国文学的最高研究机构。一九七八年,"外国古典文学名著丛书"更名为"外国文学名著丛书",至二〇〇〇年完成。这是新中国第一套系统介绍外国文学作品的大型丛书,是外国文学名著翻译的奠基性工程,其作品之多、质量之精、跨度之大,至今仍是中国外国文学出版史上之最,体现了中国外国文学研究界、翻译界和出版界的最高水平。

历经半个多世纪,"外国文学名著丛书"在中国读者中依然以系统性、权威性与普及性著称,但由于时代久远,许多图书在市场上已难见踪影,甚至成为收藏对象,稀缺品种更是一书难求。在中国读者阅读力持续增强的二十一世纪,在世界文明交流互鉴空前频繁的新时代,为满足人民日益增长的美好生活的需要,人民文学出版社决定再度与中国社会科学院外国文学研究所合作,以"网罗经典,格高意远,本色传承"为出发点,优中选优,推陈出新,出版新版"外国文学名著丛书"。

值此新版"外国文学名著丛书"面世之际,人民文学出版社与中国社会科学院外国文学研究所谨向为本丛书做出卓越贡献的翻译家们和热爱外国文学名著的广大读者致以崇高敬意!

"外国文学名著丛书"编委会
二〇一九年三月

编委会名单

(以姓氏笔画为序)

1958—1966

卞之琳	戈宝权	叶水夫	包文棣	冯　至	田德望
朱光潜	孙家晋	孙绳武	陈占元	杨季康	杨周翰
杨宪益	李健吾	罗大冈	金克木	郑效洵	季羡林
闻家驷	钱学熙	钱锺书	楼适夷	蒯斯曛	蔡　仪

1978—2001

卞之琳	巴　金	戈宝权	叶水夫	包文棣	卢永福
冯　至	田德望	叶麟鎏	朱光潜	朱　虹	孙家晋
孙绳武	陈占元	张　羽	陈冰夷	杨季康	杨周翰
杨宪益	李健吾	陈　燊	罗大冈	金克木	郑效洵
季羡林	姚　见	骆兆添	闻家驷	赵家璧	秦顺新
钱锺书	绿　原	蒋　路	董衡巽	楼适夷	蒯斯曛
蔡　仪

2019—

王焕生	刘文飞	任吉生	刘　建	许金龙	李永平
陈众议	肖丽媛	吴岳添	陆建德	赵白生	高　兴
秦顺新	聂震宁	臧永清

目　次

译本序 ………………………………………… *1*

美狄亚 ………………………………………… *1*

特洛亚妇女 …………………………………… *67*

译本序

欧里庇得斯是古希腊三大悲剧诗人之一,他的作品反映了雅典奴隶社会民主制度衰落时期的政治和思想的危机。他反对内战,反对虐待妇女,拥护民主,对神表示怀疑,同情穷人和奴隶。希腊悲剧到了诗人手里,社会问题才提得特别鲜明,普通人的形象才占重要地位,心理描写才更为深刻——这就是诗人对于戏剧发展的贡献。

一

传说埃斯库罗斯曾参加公元前四八〇年反抗波斯侵略的萨拉弥斯(惯译作萨拉米)之役,索福克勒斯曾在那次战役后的庆祝会上充当少年歌队的首领,欧里庇得斯恰好生在那次战役发生的当天。这传说很难令人相信;古希腊人喜欢把许多事情拉在一起,说起来动听,记起来也方便。比较可靠的是那块帕洛斯大理石上面的记载,根据那记载,欧里庇得斯生于公元前四八五与前四八四年之间的冬天。欧里庇得斯的父亲是阿提卡东岸佛吕亚镇的公民。诗人无疑出身于拥有土地的贵族阶级,因为他年轻时候曾参加敬奉阿波罗的歌舞队和火炬游行,这些都是只有贵族子弟才能够参加的。① 欧里庇得斯少年时和一般贵族子弟一样,学习过摔跤与拳术,并且在雅典和厄琉西斯的运动会上得过奖。他还学习过绘画,据说他的美术作品曾被古物搜集家在墨伽拉城发现。他大概继承过一大笔财产,因此有钱购置许多书籍(抄本),他是第一个有大藏书室的雅典人。他很少参加公共生活,雅典人请他在主席厅吃公餐,他也很少去。他很少担任公共职务,只做过阿波罗庙上的祭司,出使过叙拉古。

欧里庇得斯很早就醉心于哲学,特别在阿那克萨戈剌斯门下听过自然哲学的演讲。阿那克萨戈剌斯首先说月光是太阳的反光,提出月食的原理,说太阳是一大块极热极大的石头,这种学说破坏了宗教信仰,雅典人因此控告他不信神,把他驱逐出境,诗人曾在他的悲剧中为他辩护。政治煽动家克勒翁曾控告诗人相信阿那克萨戈剌斯的学说,给他加了一个不敬神的罪名。当日的诡辩派哲人普洛塔戈剌斯和普洛狄科斯成为欧里庇得斯最亲密的朋友。据说普洛塔戈剌斯曾在诗人家里诵读过他的关于神的论文,那头一段是:"关于神,我就不能够断言是否真的有神存在。这点的认识有许多障碍:第一是对象本身的不明确,其次是人类寿命的短促。"② 普洛塔戈剌斯后来因此被控告,并被判有罪,这篇论文也被公开烧毁。欧里庇得斯对哲学的爱好与探求,使他成为剧场里的哲学家,因为他时常在剧中传播这些新的学说。

---

① 阿里斯托芬却在他的喜剧中说欧里庇得斯家里很穷,说他父亲是个小商人,他母亲是个卖野菜的妇人,这些无疑是开玩笑的话。
② 引自《古希腊史》第350页,塞尔格叶夫著,缪灵珠译,高等教育出版社,1955年。

诗人喜爱宁静淡泊、深思默察的生活,可是他并不是一生都过着恬静的生活;他曾经服过长时期的兵役。他曾在他的悲剧《厄瑞克透斯》现存的断片里,表达他对和平的渴望,叫大家挂起盾牌,放下戈矛,读读圣贤的名言。

诗人到了晚年,由于他反对侵略战争,反对雅典对盟邦的暴政,对神表示怀疑,以致不见容于雅典当局,这位七十多岁的老翁只好于公元前四〇八年左右去到马其顿,在阿耳刻拉俄斯的宫中作客。阿耳刻拉俄斯很爱好文艺,他曾请欧里庇得斯写一出悲剧,把他本人作为剧中人物,诗人却说他不适于做悲剧的英雄;据说他后来倒也写了一出悲剧,不过,剧中的英雄是马其顿的建立者阿耳刻拉俄斯,那人是神话中的人物。他最后的杰作《酒神的伴侣》就是在马其顿写成的。他于公元前四〇七与前四〇六年之间的冬天死在马其顿,传说是被国王的猎狗咬死的,但公元前四世纪的诗人阿代俄斯却说他是老死的。索福克勒斯听见他的死耗时,曾为他着黑,并叫他的歌队在预演的时候免去花冠,为诗人志哀。雅典人曾派人去运诗人的遗骨,却被阿耳刻拉俄斯拒绝了,他们只好在雅典郊外为诗人立了个纪念碑,上面刻着:

全希腊世界是欧里庇得斯的纪念碑,
诗人的遗骨在客死之地马其顿永埋,
诗人的故乡本是雅典——希腊的希腊,
这里万人称赞他,欣赏他的诗才。

据说欧里庇得斯从十八岁起就开始写戏,但直到公元前四五五年才有机会参加戏剧比赛,他那次参加完全失败了。此后二十年内他很少写作,但是过了那个时期,他却写得很多。他大概写了九十二出剧本，其中我们知道剧名的有八十一出。流传到今天的有十八出。这些剧本按照演出年代大致这样排列：

一 《阿尔刻提斯》，公元前四三八年，得次奖。

二 《美狄亚》，公元前四三一年。

三 《希波吕托斯》，公元前四二八年，得头奖。

四 《赫剌克勒斯的儿女》。

五 《安德洛玛刻》。

六 《赫卡柏》，公元前四二三年以前演出。

七 《请愿的妇女》。

八 《特洛亚妇女》，公元前四一五年，得次奖。

九 《伊菲革涅亚在陶洛人里》，约在公元前四二〇到前四一九年之间演出。

一〇 《海伦》，公元前四一二年。

一一 《俄瑞斯忒斯》，公元前四〇八年。

一二 《疯狂的赫剌克勒斯》。

一三 《伊翁》。

一四 《厄勒克特拉》。

一五 《腓尼基妇女》，得次奖。

一六 《伊菲革涅亚在奥利斯》，得头奖。

一七 《酒神的伴侣》，得头奖。

一八 《圆目巨人》。①

此外还有《瑞索斯》一剧，有人说是欧里庇得斯早年的作品，

---

① 《圆目巨人》是"羊人剧"（笑剧），随悲剧演出，而且演出年代不详，所以排在最后。

但大多数学者认为并不是诗人写的。

欧里庇得斯的进步思想和他对戏剧艺术的改革既不易为当日一般观众所接受,而他在戏剧比赛中又碰上劲敌索福克勒斯,所以,据我们所知,他只得过五次奖赏,其中有一次还是在他死后,由他的儿子把他的遗著《伊菲革涅亚在奥利斯》和《酒神的伴侣》拿出来上演时才获得的。①

二

诗人所处的时代是充满了矛盾的时代,就在所谓圣盛时期,即伯里克利时期②,希腊奴隶主与奴隶之间的矛盾、城市新兴富豪与贫民之间的矛盾、雅典土地贵族的寡头派与工商界的民主派之间的矛盾、由雅典对外的政治和经济压力所引起的雅典与它的盟邦之间的矛盾以及雅典集团与斯巴达集团之间的政治和经济矛盾——这些矛盾已经逐渐发展,等到内战爆发后,它们便日益尖锐化,以致引起了雅典经济的破产,一般平民的贫困化,社会道德的堕落,终于使雅典城邦走向了崩溃和灭亡。

战争是公元前四三一年爆发的,断断续续打到公元前四〇四年。在这场战争里,雅典是以侵略者的姿态出现的。谴责侵略者、维护正义是欧里庇得斯悲剧的主题思想之一。《赫剌克勒斯的儿女》《请愿的妇女》和《特洛亚妇女》就属于这一类的剧本。前两出曾被一些批评家认为是鼓吹战争的剧

---

① 每次比赛是三出悲剧和一出"羊人剧"得头奖或次奖。《伊菲革涅亚在奥利斯》和《酒神的伴侣》在同一次里得头奖。

② 公元前四四三年到前四二九年。

本。其实《赫剌克勒斯的儿女》剧中的雅典国王得摩丰是为了拯救赫剌克勒斯的儿女,才同阿耳戈斯国王欧律斯透斯打了一仗。这说明诗人同情被侵略的弱者。《请愿的妇女》剧中的雅典国王忒修斯为了帮助阿耳戈斯妇女收回她们的儿子们的尸首,同忒拜人打了一仗。这剧演出时,阿耳戈斯站在斯巴达那边,向雅典进攻,从表面看来这剧似乎有鼓吹战争的嫌疑,但是诗人反对的是侵略战争,他站在被侵略者的立场,维护正义。忒修斯就曾责备那些已经战死的阿耳戈斯将领"没有理由地引起些战争,害死许多市民"。对侵略者的深恶痛绝和对被摧残者的深刻同情,在《特洛亚妇女》一剧中表现得最为突出。

欧里庇得斯现存的剧本中多数是家庭的悲剧。在氏族社会开始瓦解的时期,妇女的地位还是相当高的,但是到了公元前六世纪和五世纪期间,希腊经过土地立法,私有财产的发展使家庭制度巩固下来,婚姻制度便逐渐固定为一夫一妻制。然而所谓"一夫一妻制",不过是对妇女的一夫一妻制,而不是对男子而言。雅典妇女须严守贞操,甚至被禁锢在闺阁中。一般说来,她们不得参加公共生活,更说不上享受政治权利,而男子则可以有外室,或是在外面胡作非为,不受任何法律或道德力量的约束,因此雅典妇女的地位差不多降到奴隶的地位了。有的妇女不堪压迫,起而反抗,造成无数的家庭悲剧,欧里庇得斯的《美狄亚》就是这种悲剧。《阿尔刻提斯》写斐赖城国王阿德墨托斯命中注定要短命。命运神答应他:如果有他的亲人作替身,他就可以免于夭折。然而国王的亲友都不肯作替身,甚至他的老父母也拒绝了。结果是他的妻子阿尔刻提斯自愿替他死了。阿尔刻提斯的死表面看来是美德,其实是冤枉的牺牲,是当日雅典社会要求妇女为男子牺牲一切的不合理制度的惨痛后果。《伊翁》写私生子的故事,剧中处处责备男子在外面胡作非为,暴露雅典男子的罪行。从这些剧本可以看出诗人怎样批判雅典家庭制度的不合理和男女地位的不平等,痛责男子的不道德和自私自利。我们可以看出这种悲剧的意义已经远远地超出了家庭悲剧的范围。

以上是欧里庇得斯对内战和家庭问题的看法。此外诗人对雅典的民主制度、贫富问题、宗教信仰以及奴隶问题也时常在剧中提出他的看法。

欧里庇得斯身为贵族,却突破了他所受的思想限制,成为民主派的拥护者。他提倡民主精神,认为全体公民在法律前应一律平等,人人应有发言权。这种思想在他的剧中处处可以发现。在内战期中,雅典的急进民主派当权,他们愚弄人民,煽动战争,对盟邦采取高压政策,对人民的痛苦漠不关心。欧里庇得斯眼看民主政治为现实所嘲弄,很是不满。

早在雅典最繁荣的时期,雅典贫富之间的矛盾就已经相当严重。后来进入内战时期,富者愈富,贫者愈贫。所有的穷苦公民不能担任国家职务,他们的政治权利也受到一定限制。欧里庇得斯对这一现象十分愤慨。他同情穷苦的人,特别是穷苦的农人,认为他们有德行,有正义感。

雅典的奴隶民主制度在政治和经济上的衰落不能不反映在思想意识上。诡辩派思想便是在这动荡的时代产生的,这一派的哲人谈论思想上的各种问题,他们否认认识的客观性,以为一切认识都是主观的(这是主观唯心论),他们强调个人的作用,提倡个人的意志自由和思想自由。他们否认人对神可能有合理的认识,进而提倡怀疑主义,打破了传统的宗教信仰(同时也就打破了传统的道德观念),企图用科学和合理主义来解释神话,譬如认为宙斯不过是自然现象(空气)的人格化罢了。在这方面,诡辩派的思想在当日曾起过进步作用。

欧里庇得斯接受了这种进步思想,对宗教信仰采取了怀疑态度。他否定神话里的不合理成分,攻击预言者,攻击神谶所,在他现存的每一出剧里都对神表示怀疑,甚至在《伊翁》《酒神的伴侣》等剧中责备天神嫉妒、残忍、不道德,害死了多少好人。

在欧里庇得斯看来,决定命运的不再是神明,而是个人自己的行为。

古希腊社会的基本矛盾是奴隶主与奴隶之间的矛盾。雅典的民主只不过是少数有公民权的奴隶主的民主罢了,而占人口绝大多数的奴隶则丝毫没有政治权利。古希腊人把奴隶称为"活的工具",当作主人的财产和商品,他们对待奴隶是很残酷的。奴隶因为不堪虐待,时常起来反抗,在内战期中,希腊各城邦都发生奴隶逃亡和叛变的事件。当日的诡辩派哲人曾说神创造一切皆平等,自然决不使任何人当奴隶。欧里庇得斯深受了诡辩派思想的影响,对奴隶所受的压迫和虐待十分愤慨。《伊翁》剧中一个老家人说:"奴隶身上只有一样东西不体面,那就是奴隶这名字。"

综上所述,我们可以看出欧里庇得斯对不义的战争、男女间的不平等关系、民主制度、贫富问题、宗教信仰以及奴隶问题所抱的态度。他是站在人民的立场上、被压迫者的立场上来看问题,他通过神话传说暴露和批判了种种不合理的社会现象。他的戏剧对他的时代实有很大的进步意义。但是在另一方面,诗人也受了他的时代所给他的限制,他的思想中也有一些矛盾的地方。譬如他在内战初期,也有一些狭隘的爱国主义思想,曾在《安德洛玛刻》剧中表示他对斯巴达人的仇恨。又如他一方面批判男女间的不平等,赞成妇女的反抗,另一方面又要求妇女的美德(他并没有看出阿尔刻提斯替丈夫死得冤枉)。又如他虽然提倡民主精神,却又认为只有中产阶级才能够挽救城邦,掌管大权。又如他对神抱怀疑态度,却又要保存宗教。从以上各点可以看出诗人的思想矛盾。

三

希腊悲剧到了欧里庇得斯手中,就形式而论,已经相当完美。随着悲剧内容的革新,他在创作方法上有两点伟大的贡献,即写实手法和心理分析。

欧里庇得斯的创作标志着旧的"英雄悲剧"的终结。索福克勒斯曾经说过,他的人物是理想的,而欧里庇得斯的人物则是真实的。这是很有名的话,一语指出了古希腊悲剧的发展。埃斯库罗斯和索福克勒斯的人物绝大多数是理想化的英雄人物。欧里庇得斯首先用日常生活来作题材,他的神话中的人物与他的时代中的普通人相去不远,例如《特洛亚妇女》剧中所描写的海伦简直像个搔首弄姿的妓女。他甚至把农人和奴隶当作他的悲剧中的角色,从这一点可以看出诗人使悲剧接近了生活,还可以看出他对被剥削、被压迫的阶级采取了新的看法。

欧里庇得斯善于描绘人物的心理,特别是妇女的心理。《希波吕托斯》写变态的恋爱心理,《赫卡柏》写复仇的心理,《伊翁》写嫉妒的心理,《酒神的伴侣》写疯狂的心理。这些是通过人物的内心描写来表达深刻的思想的,这在古希腊文学里是难能可贵的。欧里庇得斯很能了解妇女的心理,因此有人说,他首先在希腊文学的领域里发现了女人。

欧里庇得斯对结构不甚注重。但是有些剧本的结构却安排得十分完美、紧凑,例如《酒神的伴侣》一剧,就结构而论,可以和索福克勒斯的《俄狄浦斯王》媲美。欧里庇得斯的戏剧,在结构方面,有两点受到许多批评家的非难。第一是"开场白",诗人往往叫一个剧中人物首先出场来说明剧情,因此有人说他过早地暴露了剧中的情节,以致减低了观众的兴趣。但是我们知道,希腊悲剧取材于神话故事,这些故事是大多数观众所熟悉的,观众所注意的不是故事本身,而是诗人怎样处理他的题材,怎样加以解释。诗人起初只是用"开场白"来交代剧情的背景,后来看见这办法很受欢迎,因此对观众所熟悉的剧情也采用这办法。亚里士多德曾在《修辞学》中称赞欧里庇得斯把他的剧情介绍得很清楚。其次,诗人往往请出一位天神来解决剧尾的纠纷,因此有人说他缺乏戏剧技巧,矛盾的解决太偶然了,不是从故事本身的发展来解决的。在诗人现存的悲剧中,有九出出现过天神,其中只有《希波吕托斯》和《俄瑞斯忒斯》是用"神力"来解决剧尾的纠纷的,其实这两出剧中的纠纷也可以用平常的方法来解决,比方说关于希波吕托斯的真实情形可以由淮德拉的乳母讲出来,俄瑞斯忒斯的安全可以由他抓住赫耳弥俄涅来保证。至于其他七出剧中的纠纷,在天神出现之前就已解决了。想来诗人也许另有用心,想借"神力"来造成一个宁静的收场,因为剧尾出现的天神往往还预言剧中人物的下场,诗人这样留下了曲终的余音,使观众神往于未来的境界而感到慰藉。但是这并不是真正的艺术手法,因为神的出现太偶然了。

欧里庇得斯的歌队逐渐失去了它的重要性,成为剧中的装饰品,对剧情的发展没有什么帮助。在诗人看来,歌队是剧情发展的障碍,可是古希腊戏剧的露天演出又少不了它(其功用与现代舞台上的布幕相似),所以诗人把它摆在不重要的地位上,这显示戏剧形式的新发展,即是朝着现代剧的方向发展。

欧里庇得斯的风格很朴质,他的语言很流畅,他的对话有散文化的趋势,接近口语,十分自然。他的特点是明白清楚,容易听得懂、读得懂。只是剧中充满了冗长的说理和雄辩,这无疑是因为受了当日的诡辩派教师所传授的雄辩术的影响。这些长篇大论在现代人读起来不免有些沉闷。

四

欧里庇得斯于公元前四五五年上演《珀利阿斯的女儿们》,这剧写美狄亚怂恿珀利阿斯的女儿们害死她们的父亲。《美狄亚》于公元前四三一年上演,这剧的故事承接《珀利阿斯的女儿们》。虽然《美狄亚》仅得了第三名,但这个剧本从古至今都被公认为最动人的希腊悲剧之一。

美狄亚是一个野蛮国家的公主,她因为爱上伊阿宋,背叛了她的祖国,杀死了她的弟弟。这时候伊阿宋却另娶科任托斯公主,把美狄亚抛弃,科任托斯国王还要把她驱逐出境。美狄亚个人和压迫妇女的社会之间的矛盾就是这样开始的。前面已经说过古希腊妇女在社会上完全没有地位,美狄亚无法借社会力量来反抗,争取她在家庭中的合法权利。而且社会压力非常之大,美狄亚迫于不得已,才采取仇杀的办法,起初本想杀害公主、国王和她自己的丈夫,后来想到公主和国王死后,她的两个孩子一定会被王室杀害,这才决定不杀害伊阿宋而杀害他的儿子们,要这样才能使伊阿宋的心痛如刀割。某些资产阶级批评家企图抹煞《美狄亚》的社会内容,说她亲身杀害自己的儿子,是出于疯狂而犯下的罪行。这种说法是荒谬的。她杀害儿子表面看来是一种罪行,但骨子里却是社会的罪行,因为那个社会太不合理了,迫使她这样做。欧里庇得斯深深地同情美狄亚的遭遇,痛恨当日男权社会对待妇女的不平等,赞成妇女的反抗。

这个主题思想,作者是通过人物的内心冲突深刻地表现出来的。一开场,保姆"把美狄亚的厄运禀告天地"。保姆和保傅的谈话以及美狄亚自屋内发出的悲叹,构成了一种紧张的悲剧气氛。有人问歌队为什么不进屋救孩子,回答是:大门是锁着的。

接着就展开了美狄亚的个性描写。她是一个热情、聪明、勇敢的女性。她爱丈夫,爱儿子。为了他们的幸福,她曾经做了多少牺牲。可是她受到了虐待。这当口,她下决心坚决反击。她要杀害公主和自己的孩子,灭绝伊阿宋的家门。这样就击中了伊阿宋的要害。

然而她不忍下手,她几次三番下定决心,却又犹豫,迟疑不决。弃妇的恨和慈母的爱在她心里展开了剧烈的冲突。她的内心矛盾的高潮表现在她在第五场的第一部分和后一部分的独白里。最后她下定决心,她决不能让罪恶的人留下后路。传说中美狄亚的孩子是被科任托斯的人杀害的,而欧里庇得斯叫他们死在美狄亚手中,可见欧里庇得斯的用心。

亚里士多德曾经批评埃勾斯出场这一景,认为这一景没有用,又批评不该借用"神力",使美狄亚乘坐龙车逃跑。这是从艺术结构来要求《美狄亚》。从主题思想看,作者这样处理,是表达了他的同情。埃勾斯的出现使美狄亚得到一个安身的地方。她可以胸有成竹地同伊阿宋假意和解,完成她报复的计划而自己又能脱身。至于龙车,这就是她脱身的手段。美狄亚是会巫术的,龙车的出现不能说是不自然。

伊阿宋为了金钱,贪求权力,才和公主结婚,却又虚伪地说他这样做是为孩子们着想,口口声声说他不愿对不住朋友,甚至在"退场"里还悲叹他不能享受新婚的快乐,可谓卑鄙和自私到了极点。美狄亚杀害了新娘和两个孩子,使伊阿宋孤零零的无所依靠,最后又预言他将来的悲惨的下场。这是把自己的幸福建筑在别人的痛苦之上的人的下场。

五

《特洛亚妇女》于公元前四一五年上演。这剧是"三部曲"中的第三部。第一部是《阿勒克珊德洛斯》。阿勒克珊德洛斯(即帕里斯)的母亲怀孕时,曾梦见她生了一支火炬,那火炬烧毁了特洛亚城,因此阿勒克珊德洛斯出生后,被父母遗弃。这时候他们以为他已经死了,为他志哀,举行运动会,阿勒克珊德洛斯本人也赶来参加,被他父母认识,收留下来,从此特洛亚亡国之祸便无法避免。第二部是《帕拉墨得斯》。帕拉墨得斯是希腊军中最聪明的英雄,据说他曾发明字母、灯塔、度量器、骰子等等。俄底修斯伪造特洛亚国王给帕拉墨得斯的信件,用反叛的罪名把他害死了。他的死刑是由全体希腊将领通过的,他们的罪行必有恶报。《特洛亚妇女》写特洛亚亡国的痛苦,那火炬的化身果然毁了这都城,希腊的凯旋军也将在欧玻亚海湾覆没,那是因为帕拉墨得斯的父亲瑙普利俄斯为他儿子报仇,在危险的海角上燃起火炬,引诱希腊船只朝那方向行驶。从这一点可以看出诗人对残酷的侵略者所抱的态度。

在内战期中,雅典的盟邦有许多,如像弥堤勒涅(旧译作密替利尼)和科耳绪刺(旧译作科赛剌)想要退出联盟,雅典却用高压手段强迫它们留在盟内,继续为战争服务。它甚至强迫中立的城邦,例如墨罗斯(旧译作弥罗斯),加入联盟。墨罗斯本是斯巴达人的殖民地,当时是保持中立的。可是雅典竟于公元前四一六年派重甲兵到那个小岛,叫墨罗斯人投降。墨罗斯人这样问道:"你们竟不想和我们做朋友吗?"雅典人回答说:"不,你们的友谊比你们的抵抗对我们更有害处;因为在那些服从我们的人看来,你们的友谊足以反映我们的软弱,至于你们的抵抗却足以使我们显示我们的威力。"于是墨罗斯人这样说:"我们知道战争的胜负不一定靠人数的多寡。只要我们抵抗,还可望胜利;一投降就全然绝望了。我们如今抵抗的是侵略行为,上天会援救我们这些敬神的人。"雅典人再劝道:"我们提出这温和的条件,同你们结成联盟,让你们保持你们的土地,只要你们年年进贡。你们向一个强大的城邦屈服,并不算耻辱啊。"墨罗斯人商议过后,这样回答:"我们的意见还是和刚才一样,这城邦已有七百年历史,我们不肯牺牲它的自由。"谈判破裂后,雅典人就开始攻城,拖到冬天,才攻下这小小的都城,把所有的成年男子尽行杀戮,把所有的妇孺都俘虏过来。雅典曾于公元前四二一年和斯巴达订立和约,到公元前四一五年雅典的主战分子准备远征西西里,战争又要爆发了。欧里庇得斯痛恨战争,痛恨墨罗斯战役的残酷,《特洛亚妇女》就在这种情况下演出的。它用被摧残者所受的痛苦来反映战争的罪恶。观众一望就知道剧景影射墨罗斯,剧中的希腊人影射攻占了墨罗斯的雅典人。

许多资产阶级批评家认为《特洛亚妇女》是欧里庇得斯最坏的剧本,太忧郁,太沉闷,全没有趣味。其实这是欧里庇得斯最有力的戏剧,最美丽的抒情诗,是文学史上对被侵略者表示最大同情的第一部杰作。诗人在这剧里描写战争的残酷,一景一景的亡国惨象呈现在我们眼前,使我们痛恨侵略者的穷凶极恶,惨无人道。这剧的"开场"写希腊人所犯的罪恶,他们触犯了神怒,将要受到惩罚。第一场主要写卡珊德拉。卡珊德拉的疯狂描写得很动人;她说她能够害死她的仇人,为父兄报仇,可是谁都不相信她的话。老王后赫卡柏看见她这女儿被传令官带走了,悲痛欲绝。第二场写特洛亚的英雄赫克托耳的妻子安德洛玛刻。波吕克塞娜被希腊人杀了来祭阿喀琉斯,她的命运比卡珊德拉和安德洛玛刻的更为悲惨,她的死由安德洛玛刻说出比由传令官说出更能使人感动。赫卡柏听了这噩耗更为悲痛,但是她还能安慰安德洛玛刻,叫她不要绝望,好好把她的儿子阿斯提阿那克斯抚养成人,以图日后恢复特洛亚的王权。安德洛玛刻同她儿子的生离死别是剧中最动人的场面。第三场写海伦。此场的目的是在说明特洛亚战争是一个不义的战争,战争的起因是为了一个无耻的女人。海伦的原夫墨涅拉俄斯虽然判定他妻子有罪,但是他的话并不能给赫卡柏和歌队一点安慰,因为她们都不相信他会把海伦带回希腊去杀掉。最后一场(退场)写阿斯提阿那克斯的埋葬,特洛亚人的唯一的、最后的希望也断绝了。死者的母亲不能参加这葬礼,在古希腊人看来是一件很不幸的事。这一场总结特洛亚人的痛苦和希腊人的残酷。由于诗人曾亲眼看见他的同胞们在战争年代里所遭受的痛苦,他才能描写出这样悲惨的场面。

从上面的简单分析,可以看出这剧的布局是亚里士多德所说的"穿插"式的、"最劣"的布局①,各场之间没有什么因果关系。好在赫卡柏始终在场,塔尔提比俄斯时常出现;要不然,结构会显得更松懈。《特洛亚妇女》同《美狄亚》的结构一样,诗人"只求怎样达到他的目的,表现他的思想",他痛恨希腊人的残酷,同情特洛亚人的痛苦,剧中的情节一景比一景悲惨,甚至连塔尔提比俄斯也同情特洛亚妇女,为她们落泪,答应在阿斯提阿那克斯坟上插一根矛,以表示死者的亲友日后要为他报仇。亚里士多德曾指出欧里庇得斯在许多方面有缺点,但认为他最能产生悲剧的效果,②这种效果在《特洛亚妇女》中特别显著,这剧的情节并不是由顺境转入逆境,而是由逆境转入更坏的逆境。

这剧的歌队由特洛亚女俘虏组成,可是队员们对剧场上发生的事情似乎不很关心,她们对波吕克塞娜被杀献,对阿斯提阿那克斯被摔死没有什么感触,也不唱歌来悲叹卡珊德拉被奸污,安德洛玛刻被皮洛斯俘虏去做妾,或者诅咒海伦(这样作可使歌队与剧中的行动联系起来),而是不断地悲叹特洛亚为什么陷落,怎样陷落。诗人所重视的不是个别的人而

---

① 参看《诗学》第九章。
② 见《诗学》第十三章。

是集体,不是个别的事物而是整个特洛亚的毁灭。在古希腊的"三部曲"中以第三部的音乐性最强,所以诗人把本剧的合唱歌写得十分美丽,特别是"第二合唱歌",那支歌的技巧登峰造极,可以和写合唱歌的能手品达洛斯的技巧媲美。

欧里庇得斯曾受到阿里斯托芬和其他喜剧诗人的攻击。阿里斯托芬现存的十一部喜剧中处处挖苦欧里庇得斯,其中两出(《蛙》和《地母地女节》)主要是批评他的,说他油腔滑调,说他不应该把乞丐和奴隶介绍到悲剧里,说他不应该描写妇女的不健康的心理和不道德的行为。但是我们不可把这位喜剧诗人的话看得太认真,因为他是在写喜剧,而且他的主题又十分重大,所以他不得不讲些笑话,拿欧里庇得斯来开玩笑,以图遮掩剧中的严肃性,使观众虽然受了一顿教训,却还是欢欢喜喜。阿里斯托芬并不是完全否定欧里庇得斯,他也承认欧里庇得斯的戏剧艺术有某些长处,认为他的政治见解是正确的,他在讽刺中寓有钦佩之意。

欧里庇得斯在世的时候已经很有声名,特别为青年一辈所喜爱。自从他死后,他的声名更为响亮,逐渐成为最有名的悲剧诗人。阿里斯托芬在《蛙》里写欧里庇得斯为冥土的观众所喜爱,要夺取埃斯库罗斯占据的悲剧首座。柏拉图在《国家篇》里称欧里庇得斯为最著名的悲剧家。[①] 据说西西里的雅典败兵因为能背诵欧里庇得斯的歌词,得以恢复自由。据波卢塔克所记载,斯巴达人攻下雅典后,将领们商议要毁坏

---

① 参看《理想国》(即《国家篇》)第100页,吴献书译,商务印书馆,1957年。

雅典城,当时有人唱欧里庇得斯的《厄勒克特拉》剧中的进场歌,他们听了大受感动,不忍心毁坏这个曾经产生这样好的诗人的都城。① 欧里庇得斯的剧本在古代一直上演了六百年之久,并被采用作为读物,被许多作家引用(现存残诗千余段),他剧中的情节被许多画家采用来作题材。

他的戏剧对罗马文学有很大的影响。罗马诗人恩尼乌斯翻译过欧里庇得斯的《美狄亚》。小辛尼加模仿欧里庇得斯,写了一出《美狄亚》、一出《特洛亚妇女》、一出《淮德拉》(写希波吕托斯的故事)、一出《疯狂的赫剌克勒斯》。琉克理细阿、维吉尔、奥维德都从欧里庇得斯的剧中得到启发,奥维德还写过一出《美狄亚》,可惜没有传下来。

欧里庇得斯对后代文学的影响比他的两位前辈诗人大得多,欧洲许多伟大作家都受过他的影响。但丁在他的《神曲》里只提起欧里庇得斯一人。弥尔顿很赞美欧里庇得斯,拜伦、雪莱、勃朗宁夫妇很爱好欧里庇得斯的作品,雪莱翻译过《圆目巨人》,勃朗宁译述过《阿尔刻提斯》。高乃依写过一出《美狄亚》,拉辛写过一出《安德洛玛刻》,他的《淮德拉》是受《希波吕托斯》的启发写成的。歌德的《伊菲革涅亚》是欧里庇得斯的悲剧的改写本。从这些改写本可以看出欧里庇得斯对近代文学的影响。

罗念生

---

① 见《吕珊德洛斯传》第15节。

美 狄 亚

此剧本根据厄尔（M. L. Earle）编订的《欧里庇得斯的美狄亚》(*The Medea of Euripides*, American Book Company, 1932)一书的古希腊文译出，注解除参考该书外，还参考过维拉尔（A. W. Verrall）编订的《欧里庇得斯的美狄亚》(*The Medea of Euripides*, MacMillan, 1926)、贝菲尔德（M. A. Bayfield）编订的《欧里庇得斯的美狄亚》(*The Medea of Euripides*, MacMillan, 1929)和黑德勒姆（C. E. S. Headlam）编订的《欧里庇得斯的美狄亚》(*The Medea of Euripides*, Cambridge, 1919)三书的注解。

美狄亚杀子

意大利庞贝壁画。美狄亚手执尚未出鞘的短剑,想要杀死两个孩子,但又于心不忍。孩子们正在玩羊距骨骰子。一个孩子掷下四颗,另一个孩子正在数着点数。门后是孩子们的保傅。这壁画是古希腊最后一个伟大画家提摩马科斯的杰作的仿制品。

美狄亚剧景

石棺浮雕。自左方起,第一景是献礼:左方的小孩捧着一顶冠,右方的小孩抱着一件袍子,左方用手叉腰的是伊阿宋,孩子们身后是老保姆,保姆身旁手执两枝罂粟花的是婚姻之神。公主克瑞乌萨坐在右方,似乎不愿接受礼物。新房顶上装饰着花彩。

第二景是克瑞乌萨之死:她头上有火在燃烧。她头向后仰,手向上伸,她身后是国王克瑞昂。他左手向前伸,右手拔头发。左方的两个年轻人大概是卫兵,其中一人手执长枪。

第三景是美狄亚杀子:美狄亚手里握着剑。孩子们正在自顾玩耍。

第四景是逃走:美狄亚左手执剑,剑鞘落在地上。她正要跳上龙车逃走,左肩上背着一个孩子的尸首。另一个孩子的尸首已放在车上。

场　次

一　开场(原诗第 1 至 130 行) ············· 8
二　进场歌(原诗第 131 至 212 行) ········· 13
三　第一场(原诗第 213 至 409 行) ········· 16
四　第一合唱歌(原诗第 410 至 445 行) ····· 24
五　第二场(原诗第 446 至 626 行) ········· 26
六　第二合唱歌(原诗第 627 至 662 行) ····· 33
七　第三场(原诗第 663 至 823 行) ········· 35
八　第三合唱歌(原诗第 824 至 865 行) ····· 42
九　第四场(原诗第 866 至 975 行) ········· 44
一○　第四合唱歌(原诗第 976 至 1001 行) ····· 49
一一　第五场(原诗第 1002 至 1250 行) ······· 50
一二　第五合唱歌(原诗第 1251 至 1292 行) ··· 59
一三　退场(原诗第 1293 至 1419 行) ········· 61

人　物

（以上场先后为序）

保姆——美狄亚的老仆人①。

保傅——看管小孩的老仆人②。

孩子甲——伊阿宋和美狄亚的长子。

孩子乙——伊阿宋和美狄亚的次子。

歌队——由十五个科任托斯妇女组成。

美狄亚——伊阿宋的妻子。

克瑞昂——科任托斯国王，格劳刻的父亲。

侍从数人——克瑞昂的侍从。

伊阿宋——美狄亚的丈夫。

埃勾斯——雅典国王。

侍女数人——美狄亚的侍女。

传报人——科任托斯人。

仆人数人——伊阿宋的仆人。

---

① 这老仆人是一个女奴。美狄亚幼时保姆，随美狄亚从科尔喀斯到希腊。
② 一般是有知识、有德行的老奴，身披长衣，手拄拐棍，常见于希腊瓶画。

布　景

科任托斯城内美狄亚的住宅前院。

时　代

英雄时代。

一　开　场

〔保姆自屋内上。

保　姆　但愿阿耳戈船从不曾飞过那深蓝的辛普勒伽得斯①，飘到科尔喀斯的海岸旁，但愿珀利昂山②上的杉树不曾被砍来为那些给珀利阿斯取金羊毛的英雄们制造船桨；那么，我的女主人美狄亚便不会狂热地爱上伊阿宋，航行到伊俄尔科斯的城楼下，也不会因诱劝珀利阿斯的女儿杀害她们的父亲而出外逃亡，随着她的丈夫和两个儿子来住在这科任托斯城。③可是她终于来到了这里，她倒也很受人爱戴，事事都顺从她的丈夫，——妻子不同丈夫争吵，家庭最是相

---

① 辛普勒伽得斯，意即"互相撞击的石头"，指黑海口上的两个小岛或伸到海里的石岸。古代的舟子认为那两个石头时常互相撞击，会撞坏船只。据说伊阿宋的船航到那海口上时，先放出一只鸽子，那两边的石头仅仅夹住了那鸟的尾翎；等石头再分开时，那船便急航过去，只伤了一点儿船尾。
② 珀利昂山，在伊俄尔科斯东北。阿耳戈船是用这山上的树木造成的。
③ 伊阿宋是伊俄尔科斯国王埃宋的儿子，他坐阿耳戈船，在美狄亚帮助下取得了金羊毛，而埃宋为同母异父的兄弟珀利阿斯所杀，伊阿宋让美狄亚报仇。美狄亚用法术将老公羊扔进锅里煮，把它变成了羔羊，于是怂恿珀利阿斯的女儿们杀害父亲，让他变成年轻人。后来他们夫妻被珀利阿斯之子赶走了。

安;——但如今,一切都变成了仇恨,夫妻的爱情也破裂了,因为伊阿宋竟抛弃了他的儿子和我的主母,去和这里的国王克瑞昂的女儿成亲,睡到那公主的床榻上。

美狄亚——那可怜的女人——受了委屈,她念着伊阿宋的誓言,控诉他当初伸着右手发出的盟誓,那最大的保证。她祈求神明作证,证明她从伊阿宋那里得到了一个什么样的报答。她躺在地上,不进饮食,全身都浸在悲哀里;自从她知道了她丈夫委屈了她,她便一直在流泪,憔悴下来,她的眼睛不肯向上望,她的脸也不肯离开地面。她就像石头或海浪一样,不肯听朋友的劝慰。只有当她悲叹她的亲爱的父亲、她的祖国和她的家时,她才转动那雪白的颈项,她原是为跟了那男人出走,才抛弃了她的家的;到如今,她受了人欺骗,在苦痛中——真可怜!——才明白了在家有多么好!

她甚至恨起她的儿子来了,一看见他们,就不高兴:我害怕她设下什么新的计策——我知道她的性子很凶猛,她不会这样驯服地受人虐待!我害怕她用锋利的剑刺进她两个儿子的心里,或是悄悄走进那铺设着新床的寝室中,杀掉公主和新郎,她自己也就会惹出更大的祸殃。可是她很厉害,我敢说,她的敌手同她争斗,绝不会轻易就把凯歌高唱。

她的两个孩子赛跑完了,回家来了。他们哪里

知道母亲的痛苦！"童心总是不知悲伤"。① 48

〔保傅领着两个孩子自观众右方上。

保　傅　啊，我主母家的老家人，你为什么独个儿站在这门外，暗自悲伤？美狄亚怎会愿意离开你？

保　姆　啊，看管伊阿宋的儿子的老人家，主人遭到什么不幸的时候，在我们这些忠心的仆人看来，总是一件伤心事，刺着我们的心。我现在悲伤到极点，很想跑到这里来把美狄亚的厄运禀告天地。 58

保　傅　那可怜的主母还没有停止她的悲痛吗？

保　姆　我真羡慕你！② 她的悲哀刚刚开始，还没有哭到一半呢！

保　傅　唉，她真傻！——假使我们可以这样批评我们的主人——她还不知道那些新的坏消息呢！

保　姆　老人家，那是什么？请你老实告诉我！

保　傅　没有什么。我后悔我刚才的话。

保　姆　我凭你的胡须求你③，不要对你的伙伴守什么秘密！关于这事情，如果有必要，我一定保持缄默。 68

保　傅　我经过珀瑞涅圣泉④的时候，有几个老头子坐在那里下棋，我听见其中一个人说——我当时假装没有听见，说这地方的国王克瑞昂要把这两个孩子

---

① 这是一句谚语。第 1 至 48 行是开场白，欧里庇得斯常用，由一剧中人出场介绍剧情。
② 意即"羡慕你这样糊涂"。
③ 古希腊人的祈求姿势是：一手摸着人家的胡须，一手抱着人家的膝头。
④ 珀瑞涅圣泉，在科任托斯，泉旁有几个长狭的蓄水池，这泉水早就枯涸了。

和他们的母亲一起从科任托斯驱逐出境。可不知这消息是不是真的,我希望不是真的。

保　姆　伊阿宋肯让他的儿子这样受虐待吗,虽说他在同他们的母亲闹意气?

保　傅　那新的婚姻追过了旧的①,那新家庭对这旧家庭并没有好感。

保　姆　如果旧的苦难还没有消除,我们又惹上一些新的,那我们就完了。

保　傅　快不要作声,不要说这话——这事情切不可让我们的主母知道。

保　姆　(向两个孩子)孩子们,听我说,你们父亲待你们多么不好!他是我的主子,我不能咒他死;可是我们已经看出,他对不起他的亲人。

保　傅　哪个人不是这样呢?你现在才知道谁都"爱人不如爱自己"吗?② 这个父亲又爱上了一个女人,他对这两个孩子已经不喜欢了。

保　姆　(向两个孩子)孩子们,进屋去吧!——但愿一切都好!

(向保傅)叫他们躲得远远的,别让他们接近那烦恼的母亲!我刚才看见她的眼睛像公牛的那样,好像要对他们有什么举动!我知道,她若不发雷霆,她的怒气是不会消下去的。只望她这样对付她的冤家,不要这样对付她心爱的人。

〰〰〰〰〰〰〰〰〰〰
① 以赛跑为喻。
② 删去第 87 行,这一行大概是伪作,大意是:"有的人爱自己爱得合理,有的人却只是自私自利。"

11

美狄亚　（自内）哎呀，我受了这些痛苦，真是不幸啊！哎呀呀！怎样才能结束我这生命啊？

保　姆　看，正像我所说的，亲爱的孩子们，你们母亲的心已经震动了，已经激怒了！快进屋去，但不要走到她跟前，不要挨近她！要当心她那顽强的心里的暴戾的脾气和仇恨的性情！快进去呀，快呀！分明天上已经起了愁惨的乌云，立刻就要闪出狂怒的电火来！那傲慢的性情、压抑不住的灵魂，受了虐待的刺激，不知会做出什么可怕的事情呢！

〔保傅引两个孩子进屋。

美狄亚　（自内）哎呀！我遭受了痛苦，哎呀，我遭受了痛苦，直要我放声大哭！

你们两个该死的东西，一个怀恨的母亲生出来的，快和你们的父亲一同死掉，一家人死得干干净净！

保　姆　哎呀呀！可怜的人啊！你为什么要你这两个孩子分担他们父亲的罪孽呢？你为什么恨他们呢？唉，孩子们，我真是担心你们，怕你们碰着什么灾难！

这些贵人的心理多么可怕——也许因为他们只是管人，很少受人管，这样的脾气总是很狂暴地变来变去。一个人最好过着平等的生活；我就宁愿不慕荣华，安然度过这余生：这种节制之道说起来好听，行起来也对人最有益。我们的生活缺少了节制便没有益处，厄运发怒的时候，且会酿成莫大的灾难呢。

二　进　场　歌

〔歌队自观众右方进场。

歌队长　我听见了那声音,听见了那可怜的科尔喀斯女子正在吵吵闹闹,她还没有变驯良呢。老人家,告诉我,她哭什么?① 我刚才在双重门②里听见她在屋里痛哭。啊,朋友,我很担心这家人,怕他们伤了感情。 135

保　姆　这个家已经完了,家庭生活已经破坏了!我们的主人躺在那公主的床榻上,我们的主母却躲在闺房里折磨她自己的生命,朋友的劝告也安慰不了她的心灵。

美狄亚　(自内)哎呀呀!愿天上雷火飞来,劈开我的头颅!我活在世上还有什么好处呢?唉,唉,我宁愿抛弃这可恨的生命,从死里得到安息! 147

歌　队　(首节③)啊,宙斯呀,地母呀,天光呀,你们听见了没有?这苦命的妻子哭得多么伤心!(向屋里的

---

① "她哭什么?"是补充的。
② 双重门,指院中通街道的门和通正屋的门。
③ 古希腊的合唱歌分若干曲,每曲又分首节、次节与末节(有的合唱歌缺少末节)。每曲的首次两节的节奏和拍子是相同的,但各曲的节奏和拍子彼此不同。末节的节奏和拍子与首次两节的不同,但全歌中各曲的末节的节奏和拍子是相同的。

美狄亚）啊,不顾一切的人呀,你为什么要寻死,想望那可怕的泥床? 快不要这样祈祷! 即使你丈夫爱上了一个新人——这不过是一件很平常的事,你也不必去招惹他,宙斯会替你公断的! 你不要太伤心,不要悲叹你的床空了,变得十分憔悴! (本节完)

美狄亚 (自内)啊,至大的宙斯和威严的忒弥斯①呀,你们看,我虽然曾用很庄严的盟誓系住我那可恶的丈夫,但如今却这般受痛苦! 让我亲眼看见他,看见他的新娘和他的家一同毁灭吧,他们竟敢首先害了我! 啊,我的父亲、我的祖国呀,我现在惭愧我杀害了我的兄弟,离开了你们。

保　姆 (向歌队)你们听见她怎样祈祷吗? 她高声祈求忒弥斯和被凡人当作司誓之神的宙斯。我这主母的怒气可不是轻易就能够平息的。

歌　队 (次节)但愿她来到我们面前,听听我们的劝告,也许她会改变她的愠怒的心情,平息她胸中的气愤。(向保姆)我们有心帮助朋友,你进去把她请出屋来,〔告诉她,我们也是她的朋友。〕②趁她还没有伤害那屋里的人,赶快进去! 因为她的悲哀正不断地涌上来。(本节完)

保　姆 我虽然担心我劝不动主母,但是这事情我一定去做,而且很愿意为你们做这件难办的事情。每逢我们这些仆人上去同她说话,她就像一只产儿的狮

---

① 忒弥斯,地神的女儿,司法律、正义与誓言。
② 括弧里的话也许是伪作。

子那样,向我们瞪着眼。

你可以说那些古人真蠢,一点也不聪明,保管没有错,因为他们虽然创出了诗歌,增加了节日里、宴会里的享乐——这原是富贵人家享受的悦耳的声音,可是还没有人知道用管弦歌唱来减轻那可恨的烦恼,那烦恼曾惹出多少残杀和严重的灾难,破坏多少家庭。如果凡人能用音乐来疏导这种性情,这倒是很大的幸福;至于那些宴会,已经够丰美,倒是不必浪费音乐了!那些赴宴的人肚子胀得饱饱的,已够他们快活了。

203

〔保姆进屋。

歌　队　(末节)我听见那悲惨的声音、苦痛的呻吟,听见她大声叫苦,咒骂那忘恩负义的丈夫破坏了婚约。她受了委屈,只好祈求宙斯的妻子,那司誓之神①,当初原是她叫美狄亚漂过那内海②,漂过那海上的长峡③来到这对岸的希腊的。

212

---

① 指忒弥斯。
② 内海,普罗蓬提斯海(今马尔马拉海)。
③ 长峡,赫勒斯蓬托斯海峡(今达达尼尔海峡)。

三 第 一 场

〔美狄亚偕保姆自屋内上。

美狄亚 啊,你们科任托斯妇女,我害怕你们见怪,已从屋里出来了。我知道,有许多人因为态度好像很傲慢,就得到了恶意和冷淡的骂名。他们当中有一些倒也出来跟大家见面,可是一般人的眼光不可靠,他们没有看清楚一个人的内心,便对那人的外表发生反感,其实那人对他们并没有什么恶意呢;还有许多则是因为他们安安静静待在家里。一个外邦人应同本地人亲密来往;我可不赞成那种本地人,他们只求个人的享乐,不懂得社交礼貌,很惹人讨厌。

但是,朋友们,我碰见了一件意外的事,精神上受到了很大的打击。我已经完了,我宁愿死掉,这生命已没有一点乐趣。我那丈夫,我一生的幸福所倚靠的丈夫,已变成这人间最恶的人!

在一切有理智、有灵性的生物当中,我们女人算是最不幸的。首先,我们得用重金争购一个丈夫①,

---

① 在英雄时代由新郎向岳家买妻子。这里所说由女家拿出一份嫁资来陪嫁,则是欧里庇得斯时代的风俗。

他反会变成我们的主人;但是,如果不去购买丈夫,那又是更可悲的事①。而最重要的后果还要看我们得到的,是一个好丈夫,还是一个坏家伙。因为离婚对于我们女人是不名誉的事②,我们又不能把我们的丈夫轰出去。一个在家里什么都不懂的女子,走进一种新的习惯和风俗里面,得变作一个先知,知道怎样驾驭她的丈夫。如果这事做得很成功,我们的丈夫接受婚姻的羁绊,那么,我们的生活便是可羡的;要不然,我们还是死了好。

一个男人同家里的人住得烦恼了,可以到外面去散散他心里的郁积,(不是找朋友,就是找玩耍的人;)③可是我们女人就只能靠着一个人。他们男人反说我们安处在家中,全然没有生命危险;他们却要拿着长矛上阵:这说法真是荒谬。我宁愿提着盾牌打三次仗,也不愿生一次孩子。

可是这同样的话,不能应用在你们身上:这是你们的城邦,你们的家乡,你们有丰富的生活,有朋友来往;我却孤孤单单在此流落,那家伙把我从外地抢来,又这样将我虐待,我没有母亲、弟兄、亲戚,不能逃出这灾难,到别处去停泊。

我只求你们这样帮助我:要是我想出了什么方

---

① 古希腊人很重视婚姻,一个女子到了年龄还不出嫁,是一件大不幸的事。
② 古雅典的男人离婚很容易。女人却不容易,离过婚的女人名誉更不好了。
③ 括弧里的一行,原诗不合节奏,也许是伪作。

　　　　法和计策去向我的丈夫,向那嫁女的国王和新婚的
　　　　公主报复,请替我保守秘密。女人总是什么都害怕,
　　　　走上战场,看见刀兵,总是心惊胆战;可是受了丈夫
　　　　欺负的时候,就没有别的心比她更毒辣!

歌队长　美狄亚,我会替你保守秘密,因为你向你丈夫报
　　　　复很有理由;难怪你这样悲叹你的命运!
　　　　　我看见克瑞昂,这地方的国王,来了,来宣布什
　　　　么新的命令!

　　　　〔克瑞昂偕众侍从自观众右方上。

克瑞昂　你这面容愁惨、对着丈夫发怒的美狄亚,我命令
　　　　你带着你两个儿子离开这地方,出外流亡!不许你
　　　　拖延,因为我要在这里执行我的命令,不把你驱逐出
　　　　境,我决不回家。

美狄亚　哎呀,我这不幸的人完了!我的仇人把帆索完
　　　　全放松了①,又没有一个容易上陆的海岸好逃避这
　　　　灾难。但是,尽管他这样残忍地虐待我,我总还要问
　　　　问他。
　　　　　克瑞昂,你为什么要把我从这地方驱逐出去?

克瑞昂　我不必隐瞒我的理由:我是害怕你陷害我的女
　　　　儿,害得无法挽救。有许多事情引起我这种恐惧心
　　　　理,因为你天生很聪明,懂得许多法术,并且你被丈
　　　　夫抛弃后,非常气愤;此外,我还听人传报,说你想要
　　　　威胁嫁女的国王、结婚的王子和出嫁的公主,想要做

---

① 一说指那将帆卷到顶上的索子,若将这索子放松,帆便会向下展开;另
　说指帆底的索子,若将这索子放松,帆上所承受的风力就会特别大。

出什么可怕的事来,因此我得预先防备。啊,女人,我宁可现在遭到你仇恨,免得叫你软化了,到后来,懊悔不及。

美狄亚　哎呀,克瑞昂啊,声名这东西曾经发生过好些坏影响,害得我不浅,这已不是第一次害我,而是好多次了。一个有头脑的人切不可把他的子女教养成"太聪明的人",因为"太聪明的人"除了得到无用的骂名外,还会惹本地人嫉妒:①假如你献出什么新学说②,那些愚蠢的人就会觉得你的话太不实用,你这人太不聪明;但是,如果有人说你比那些假学究还要高明,他们又会认为你是这城里最可恶的人。

　　我自己也遭受到这样的命运:有的人嫉妒我聪明,③有的人相反,又说我不够聪明。(向克瑞昂)你也是因为我聪明而惧怕我。④ 你该没有受过我什么陷害吧?我并没有那样存心,⑤克瑞昂,你不必惧怕我。你为什么要这样虐待我呢?你依照自己的心愿,把你的女儿嫁给他,我承认这事情你做得很慎重。我只是怨恨我的丈夫,并不嫉妒你们幸福。快去完成这婚事,欢欢乐乐吧!让我依然住在这地方,

① 作者暗指当时的诡辩派哲学家阿那克萨戈剌斯,他是外邦人,雅典人说他亵渎神明,将他驱逐。
② 指当时的诡辩派学说,因为它破除迷信,提倡理性。
③ 删去第304行,这一行和第808行(自"不要"起至"女人"止)很相似,大概是伪作。大意是:"有人认为我软弱无能,有人却认为不是这样的。"
④ "因为我聪明"是补充的。
⑤ 删去第308行,大意是"冒犯国王"。

　　　　我自会默默地忍受这点委屈,服从强者的命令的。　　315
克瑞昂　你的话听来很温和,可是我总害怕,害怕你心里怀着什么诡诈。如今我比先前更难于相信你了,因为一个沉默而狡猾的人,比一个急躁的女人或男人还要难于防备。赶快动身吧,不要净啰唆,我的意志十分坚定,我明知你在恨我,你也没有办法可以留在这里。
美狄亚　不,我凭你的膝头和你的新婚的女儿恳求你。
克瑞昂　你白费唇舌,绝对劝不动我。
美狄亚　你真要把我驱逐出去,不重视我的请求吗?
克瑞昂　因为我爱你,远不如我爱我家里的人。
美狄亚　(自语)啊,我的祖国呀,我现在十分想念你!
克瑞昂　除了我的儿女外,我最爱我的祖国。①
美狄亚　唉,爱情真是人间莫大的祸害!②　　330
克瑞昂　我认为那全凭命运安排。
美狄亚　啊,宙斯,切不要忘了那造孽的人!
克瑞昂　快走吧,蠢东西,免得我麻烦。
美狄亚　你麻烦,我不是也麻烦吗?
克瑞昂　我的侍从立刻会动武,把你驱逐出去。
美狄亚　我求你,克瑞昂,不要这样——
克瑞昂　女人,看来你要同我刁难!
美狄亚　我一定走,再也不求你让我住在这里了。
克瑞昂　那么,为什么这样使劲拖住我?还不赶快放松

---

① 克瑞昂暗中责备美狄亚背叛了她自己的祖国。
② 美狄亚好像解释说,是爱情作祟,使她背叛了她的祖国。

我的手？

美狄亚　让我多住一天,好决定到哪里去:既然孩子的父亲一点也不管,我得替他们找个安身的地方。可怜可怜他们吧,你也是有儿女的父亲。① 我自己被驱逐出境倒没有什么,我不过是心痛他们也遭受着苦难。

克瑞昂　我这心并不残忍,正因为这样,我才做错了多少事情。我现在虽然看出了我的错误,但是,女人,你还是可以得到这许可。可是,我先告诉你:如果来朝重现的太阳光看见你和你的儿子依然在我的国内,那你就活不成了。我这次所说的绝不是假话。②

〔克瑞昂偕众侍从自观众右方下。

歌队长　③哎呀呀!你受了这些苦难真是可怜!你到哪里去呢?你再到异乡作客呢,还是回到你自己家里,回到你自己国内躲避灾难?④ 美狄亚,神明把你带到了这难航的苦海上。

美狄亚　事情完全弄糟了——谁能够否认呢?可是还没有到那个地步呢,先别这么决定。那新婚夫妇和那联姻的人,得首先尝到莫大的痛苦和烦恼呢。你以为我没有什么诡诈,没有什么便宜,就会这样奉承他吗?我才不会同他说话,不会双手攀着他呢!他现

---

① 删去第345行,大意是:"你也该有慈爱之心。"
② 删去第355至356行,大意是:"现在你要留在这里,就只留这一天吧,你在这一天里可做不出什么我所害怕的事情来。"
③ 删去第357行,意思是"不幸的夫人"。
④ 删去第361行,意思是"你将发现"。

在竟愚蠢到这个地步,居然在他能够把我驱逐出去,
破坏我的计划时,让我多住一天。就在这一天里面,
我可以叫这三个仇人,那父亲、女儿和我自己的丈
夫,变作三具尸首。 375

朋友们,我有许多方法害死他们,却不知先用哪
一种好。到底是烧毁他们的新屋呢,还是偷偷走进
那摆着新床的房里,用一把锋利的剑刺进他们的胸
膛?可是这方法对我有点不利:万一我抱着这个计
划走进他们屋里的时候,被人捉住,那我死了还要遭
到仇人的嘲笑呢。最好还是用我最熟悉的简捷的办
法,用毒药害死他们。 385

那么,就算他们死了;可是哪个城邦又肯接待我
呢?哪个外邦人肯给我一个安全的地方、一个宁静
的家来保护我的身子呢?没有这样的人的。因此我
得等一会儿,等到有坚固的城楼出现在我面前,我再
用这诡计,这暗害的方法,去毒死他们;但是,如果厄
运逼着我没法这样做,我就只好亲手动刀,把他们杀
死。我一定向着勇敢的道路前进,虽然我自己也活
不成。 394

我凭那住在我闺房内壁龛上的赫卡忒①,凭这
位我最崇拜的、我所选中的、永远扶助我的女神起
誓:他们里头绝没有一个人能够白白地伤了我的心
而不受到报复!我要把他们的婚姻弄得很悲惨,使

---

① 传说月神赫卡忒曾传授巫术并照着美狄亚去寻找草药。美狄亚则是她
的女祭司。

他们懊悔这婚事,懊悔不该把我驱逐出这地方。 400

（自语）美狄亚,进行吧! 切不要吝惜你所精通的法术,快想出一些诡诈的方法,溜进去做那可怕的事吧! 这正是显露你的勇气的时机! 你本出自那高贵的父亲,出自赫利俄斯①,你看你受了什么委屈,你竟被西绪福斯②的儿孙在伊阿宋的婚筵上拿来取笑! 你知道怎么办;我们生来是女人,好事全不会,但是,做起坏事来却最精明不过。 409

---

① 赫利俄斯,太阳神。美狄亚的祖父是赫利俄斯,她的祖母是珀尔塞伊斯。
② 西绪福斯,科任托斯的建造人,据说他是一个强盗。他的儿孙指克瑞昂一家人。

四　第一合唱歌

歌　队　（第一曲首节）如今那神圣的河水向上逆流，一切秩序和宇宙都颠倒了：男子汉的心多么奸诈，那当着天发出的盟誓也靠不住了！从今后诗人会使我们女人的生命有光彩，我们获得这种光荣，就再也不会受人诽谤。

（第一曲次节）诗人们会停止那自古以来有辱我们名节的歌声！如果福玻斯①，那诗歌之神，把弦琴上的神圣的诗才放进了我们心里，那我们便会唱出一些诗歌，来回答男人的恶声！时间会道出许多严厉的话，其中有一些是对我们女人的，有一些却是对男人的。

（第二曲首节）你曾怀着一颗疯狂的心，离别了家乡，航过那海口上的双石，来到这里作客；但如今，可怜的人呀，你床上却没有了丈夫，你这样耻辱地叫人赶出去漂泊。

（第二曲次节）盟誓的美德已经消失，全希腊不见信义的踪迹，她已经飞回天上去了。

---

① 福玻斯，阿波罗的别名。

呀,你没有娘家作为避难的港湾;另外有一位更强大的公主已经占据了你的家。

五　第二场

〔伊阿宋自观众右方上。

伊阿宋　这已不是头一次,我时常都注意到坏脾气是一种不可救药的病。在你能够安静地听从统治者的意思住在这地方,住在这屋里的时候,你却说出了许多愚蠢的话,叫人驱逐出境。你尽管骂伊阿宋是个坏透了的东西,我倒不介意;哪知你竟骂起国王来了,你该想想,你仅仅得到这种放逐的惩罚,倒是便宜了你呢。我曾竭力平息那愤怒的国王的怒气,希望你可以留在这里;可是你总是这样愚蠢,总是诽谤国王,活该叫人驱逐出去。即使在这种情形下,我依然不想对不住朋友,特别跑来看看你。夫人,我很关心你,恐怕你带着儿子出去受穷困,或是缺少点什么东西,因为放逐生涯会带来许多痛苦。你就是这样恨我,我对你也没有什么恶意。

美狄亚　坏透了的东西!——我可以这样称呼你,大骂你没有丈夫气,你还来见我吗?你这可恶的东西还来见我吗?① 你害了朋友,又来看她:这不是胆量,

---

① 删去第468行,这一行与第1324行("众神、全人类和我")几乎完全相同,意思是:"对于众神、全人类和我。"

不是勇气,而是人类最大的毛病,叫作无耻。但是你来得正好,我可以当面骂你,解解恨;你听了会烦恼的。

且让我从头说起:那阿耳戈船上航海的希腊英雄全都知道,我父亲叫你驾上那喷火的牛,去耕种那危险的田地时,原是我救了你的命;我还刺死了那一圈圈盘绕着的、昼夜不睡地看守着金羊毛的蟒蛇,替你高擎着救命之光①;只因为情感胜过了理智,我才背弃了父亲,背弃了家乡,跟着你去到珀利昂山下,去到伊俄尔科斯。我在那里害了珀利阿斯,叫他悲惨地死在他自己女儿的手里。我就这样替你解除了一切的忧患。

可是,坏东西,你得到了这些好处,居然出卖了我们,你已经有了两个儿子,却还要再娶一个新娘;若是你因为没有子嗣,再去求亲,倒还可以原谅。我再也不相信誓言了,你自己也觉得你对我破坏了盟誓!我不知道,你是认为神明再也不掌管这世界了呢,还是认为这人间已立下了新的律条?啊,我这只右手,你曾屡次握住它求我;啊,我这两个膝头,你曾屡次抱住它们祈求我,它们白白地让你这坏人抱过,真是辜负了我的心。

我姑且把你当作朋友,同你谈谈,可是我并不想你给我什么恩惠,只是想同你谈谈而已。我若是

---

① 光,有人解作"晨光",说会巫术能使日月升沉的美狄亚让晨光照射,使看守金羊毛的蟒蛇入睡。

问起你这件事,你就会显得更可耻:我现在往哪里去呢?到底是回到我父亲家里,回到故乡呢——我原是为了你的缘故,才抛弃了我父亲的家——还是去到珀利阿斯的可怜的女儿的家里?我害死了她们的父亲,她们哪会热烈地接待我住在她们家里?事情是这样的:我家里的亲人全都恨我;至于那些我不应该伤害的人,也为了你的缘故,变成了我的仇人。因此,在许多希腊女人看来,你为了报答我的恩惠,倒给了我幸福呢!我这可怜的女人竟把你当作一个可靠的、值得称赞的丈夫!我现在带着我的孩子出外流亡,孤苦伶仃,一个朋友都没有——你在新婚的时候,倒可以得到一个漂亮的骂名,只因为你的孩子和你的救命恩人在外行乞流落!

啊,宙斯,为什么只给一种可靠的标记,让凡人来识别金子的真伪①,却不在那肉体上打上烙印,来辨别人类的善恶?

歌队长　当亲人和亲人发生了争吵的时候,这种气愤是多么可怕、多么难平啊!

伊阿宋　女人,我好像不应当同你对骂,而应当像一个船上的舵工,只用帆篷的边缘②,小心地避过你的叫嚣!你过分夸张了你给我的什么恩惠,我却认为在一切的天神与凡人当中,只有爱神库普里斯才是我

---

① 指用试金石测验黄金时所得的颜色。
② 舟子遇暴风,便把帆卷起来,只用那顶上的边缘,甚至把桅杆放下来,免得整个帆及桅杆承受风力,使船颠簸。

航海的救星。① 可是你——你心里明白，只是不愿听我说出，听我说出厄洛斯怎样用那百发百中的箭逼着你救了我的身体。我不愿把这事情说得太露骨了；不论你为什么帮助过我，事情总算做得不错！可是你因为救了我，你所得到的利益反比你赐给我的恩惠大得多。我可以这样证明：首先，你从那野蛮地方来到希腊居住，知道怎样在公道与律条之下生活，不再讲求暴力；而且全希腊的人都听说你很聪明，你才有了名声！如果你依然住在大地的遥远的边界上，绝不会有人称赞你。倘若命运不叫我成名，我就连我屋里的黄金也不想要了，我就连比俄耳甫斯②所唱的还要甜蜜的歌也不想唱了。这许多话只涉及我所经历过的艰难，这都是你挑起我来反驳的。

至于你骂我同公主结婚，我可以证明我这事情做得聪明，而且有节制，对于你和你的儿子我够得上一个很有力量的朋友——请你安静一点。自从我从伊俄尔科斯带着这许多无法应付的灾难来到这里，除了娶国王的女儿外，我，一个流亡的人，还能够发现什么比这个更为有益的办法呢？这并不是因为我厌弃了你——你总是为这事情而烦恼，不是因为我爱上了这新娘，也不是因为我渴望多生一些儿子；我们的儿子已经够了，我并没有什么怨言。最要紧是

---

① 传说赫拉曾命令爱神库普里斯（即阿佛洛狄忒）派小爱神厄洛斯用爱情之箭使美狄亚爱上了伊阿宋。
② 俄耳甫斯，希腊神话中著名的音乐大师与诗人。

我们得生活得像个样子,不至于太穷困——我知道谁都躲避穷人,不喜欢和他们接近。我还想把我的儿子教养出来,不愧他们生长在我这门第;再把你生的这两个儿子同他们未来的弟弟们合在一块儿,这样联起来,我们就福气了。你也是为孩子着想的,我正好利用那些未来的儿子,来帮助我们这两个已经养活了的孩儿。难道我打算错了吗?若不是你叫嫉妒刺伤了,你决不会责备我的。你们女人只是这样想:如果你们得到了美满的姻缘,便认为万事已足;但是,如果你们的婚姻遭了什么不幸的变故,便把那一切至美至善的事情也看得十分可恨。愿人类有旁的方法生育,那么,女人就可以不存在,我们男人也就不至于受到痛苦。①   575

歌队长　伊阿宋,你的话遮饰得再漂亮不过;可是,在我看来——你听了虽然不痛快,我还是要说——你欺骗了你妻子,对不住她。

美狄亚　我的见解和一般人往往不同:我认为凡是一个人做了什么不正当的事,反而说得头头是道,便应该遭到很严厉的惩罚,因为他自负他的口才能把一切罪过好好地遮饰起来,大胆地为非作歹;这种人算不得真正聪明。你现在不必再向我做得这样漂亮,说得这样好听,因为我一句话便可以把你问倒:如果你真的没有什么坏心,你就该先开导我,然后才结婚,不应该瞒着你的亲人。　587

---

① 伊阿宋的回答和美狄亚的责问一般长短,这是模仿雅典法庭上的习惯。

伊阿宋　你到现在都还压不住你心里狂烈的怒火,那么,我若是当初把这事情告诉了你,我相信,你倒会好好地成全我的婚姻呢!

美狄亚　并不是这个拦住了你,乃是因为你娶了个野蛮女子,到老来会使你羞愧。①

伊阿宋　你现在很可以相信,我并不是为了爱情才娶了这公主,占了她的床榻;乃是想——正像我刚才所说的——救救你,再生出一些和你这两个儿子做弟兄的、高贵的孩子,来保障我们的家庭。

美狄亚　我可不要那种痛苦的富贵生活和那种刺伤人的幸福。

伊阿宋　你知道怎样改变你的祈祷,使你变聪明一点吗?你快说,好事情对于你不再是痛苦,你走运的时候,也不再认为你的命运不好。

美狄亚　尽管侮辱吧!你自己有了安身地方,我却要孤苦伶仃地出外流落。

伊阿宋　你这是自取,怪不着旁人。

美狄亚　我做过什么事?我也曾娶了你,然后又欺骗了你吗?

伊阿宋　你说过一些不敬的话咒骂国王。

美狄亚　我并且是你家里的祸根!

伊阿宋　我不再同你争辩了。如果你愿意接受金钱上的帮助,作为你和你的儿子流亡时的接济,尽管告诉

---

① 有人解作:娶外国女人的行为是年轻人干的事,一个人到老来还有这样一个妻子,便不受人尊重。

　　　　我,我一定很慷慨地赠给你,我还要送一些证物给我
　　　　的朋友,①他们会好好款待你。女人,如果你连这个
　　　　都不愿意接受,未免就太傻了;你若能息怒,那自然
　　　　对你更有好处。

美狄亚　我用不着你的朋友,也不接受你什么东西,你不
　　　　必送给我,因为"一个坏人送的东西全没有用处"②。 618

伊阿宋　我祈求神灵作证,我愿意竭力帮助你和你的儿
　　　　子。可是你自己不接受这番好意,很顽固地拒绝了
　　　　你的朋友,你要吃更多的苦头呢!

美狄亚　去你的!你正在想念你那新娶的女人,却还远远
　　　　远地离开她的闺房,在这里逗留。尽管同她结婚吧,
　　　　但也许——只要有天意——你会联上一个连你自己
　　　　都愿意退掉的婚姻。 626

　　　〔伊阿宋自观众右方下。

---

① 据说古希腊的客人受了东道主的款待,愿留一个纪念时,可将一个羊跖骨(俗名羊拐子)劈成两片,各存一片,以后相遇时,将骨片一合,两人又成宾主。伊阿宋拟把一些骨片交给美狄亚保存,把另一些送交他的朋友们,这样托他们款待美狄亚。
② 大概是一句谚语。

六　第二合唱歌

歌　队　（第一曲首节）爱情没有节制，便不能给人以光荣和名誉；但是，如果爱神来时很温文，任凭哪一位女神也没有她这样可爱。啊，女神，请不要用那黄金的弓向着我射出那涂上了情感的毒药、从不虚发的箭！

（第一曲次节）我喜欢那蕴藉的爱情，那是神明最美丽的赏赐；但愿可畏的爱神不要把那争吵的愤怒和那无餍的、不平息的嫉妒降到我身上，别使我的精神为了我丈夫另娶妻室而遭受打击；但愿她看重那和好的姻缘，凭了她那敏锐的眼光来分配我们女子的婚嫁。

（第二曲首节）我的祖国、我的家啊，我不愿出外流落，去忍受那艰难困苦的一生，那最可悲的愁惨的一生；我宁可死去，早些死去，好结束那样的日子，因为人间再没有什么别的苦难，比失去了自己的家乡还要苦。

（第二曲次节）我是亲眼见过这种事，并不是从旁人那里听来的。美狄亚，①你忍受着这最可怕的苦

---

① "美狄亚"是补充的。

难,也没有一个城邦、一个朋友来怜恤你。但愿那从不报答友谊的人,那从不开启那纯洁的心上的锁键的人,不得好死,取不到别人的同情,我自己也决不把他当朋友看待!

662

七　第　三　场

〔埃勾斯自观众右方上。

埃勾斯　美狄亚,你好?① 我不知用什么更吉祥的话来招呼你这朋友。

美狄亚　埃勾斯,聪明的潘狄昂②的儿子,你好? 你是从哪里到此地的?

埃勾斯　我是从阿波罗的颁发神示的古庙③上来的。

美狄亚　你为什么到那大地中央颁发神示的地方去?

埃勾斯　我去问要怎样才能得到一个儿子。

美狄亚　请告诉我,你直到如今还没有子嗣吗?　　　670

埃勾斯　还没有子嗣呢,也不知是哪一位神灵在见怪!

美狄亚　你有了妻子没有,或是还没有结过婚?

埃勾斯　我并不是没有结过婚。

美狄亚　关于你的子嗣的事,阿波罗怎样说呢?

埃勾斯　他的话超过了凡人的智力所能了解的。

---

① "你好"含有"祝福""欢迎"等意思。古希腊人相见时和分别时都这样说。
② 潘狄昂,厄瑞克透斯的儿子,雅典国王。美狄亚大概是在阿耳戈船上认识埃勾斯的。
③ 指德尔斐神庙。

美狄亚　我可以听听这天神的话吗?

埃勾斯　当然可以,正要你这样很高的智慧才能解释①呢。

美狄亚　神到底说些什么?如果我可以听听,就请告诉我。

埃勾斯　叫我不要解开那酒囊上伸着的腿②——

美狄亚　等你做了什么事,或是到了什么地方才解开? 680

埃勾斯　等我回到我家里。③

美狄亚　可是你为什么航行到这里来呢?

埃勾斯　因为特洛曾尼亚④有一位国王,名叫庇透斯——

美狄亚　据说这珀洛普斯的儿子为人很虔敬。

埃勾斯　我想把这神示告诉他,向他请教。

美狄亚　因为他很聪明,精通这种事情。

埃勾斯　他是我所有的战友中最亲密的一个。

美狄亚　祝你一路平安,满足你的心愿。

埃勾斯　你脸上为什么有泪容呢?

美狄亚　啊,埃勾斯,我的丈夫是世间最大的恶人。 690

埃勾斯　你说什么?明白告诉我,你为什么这样忧愁?

美狄亚　伊阿宋害了我,虽然我没有什么对不住他。

---

① "才能解释"是补充的。
② 古希腊人用整个羊皮盛酒,羊皮的颈部和四只腿用绳子系住,放酒时可将任何一只腿解开。这神示的意思是叫埃勾斯到家以前,不要接近女人。
③ 据说这神示是这样的:"你这人间最有权力的人啊,在你回到雅典的丰饶的土地以前,切不可解开那酒囊上伸着的腿。"
④ 特洛曾尼亚,阿耳戈利斯东南部一个区域。

埃勾斯　他做了什么坏事？请你再说清楚些。

美狄亚　他重娶了一个妻子，来代替我做他家里的主妇。

埃勾斯　他敢于做这可耻的事吗？

美狄亚　你很可以相信，他先前爱过我，现在却侮辱了我。

埃勾斯　到底是他爱上了那女人呢，还是他厌弃了你的床榻？

美狄亚　那强烈的爱情使他对我不忠实。

埃勾斯　去他的吧，①如果他真像你所说的这样坏。②

美狄亚　他想同这里的王室联姻。　　　　　　　　　700

埃勾斯　谁把公主嫁给他的？请你全都说出来吧。

美狄亚　克瑞昂，科任托斯的国王。

埃勾斯　啊，夫人，难怪你这样悲伤！

美狄亚　我完了，还要被驱逐出境！

埃勾斯　被谁驱逐？你向我说出了这另一件新的罪恶。

美狄亚　被克瑞昂驱逐出科任托斯。

埃勾斯　伊阿宋肯答应吗？这种行为不足称赞。　　707

美狄亚　他虽然口头上不肯，心里却愿意。

　　　我作为一个乞援人，凭你的胡须，凭你的膝头，恳求你，可怜可怜我这不幸的人，别眼看我这样孤苦伶仃地被驱逐出去；请你接待我，让我去到你的国内，住在你的家里。这样，神明会满足你求嗣的心愿，你还可以安乐善终。你还不知道，你从我这里发

---

① 或解作："不要再谈起他了。"
② 以下残缺埃勾斯和美狄亚的两行对话。

37

现了个多么大的好处,因为我可以结束你这无子的
命运,凭我所精通的法术,使你生个儿子。 718

埃勾斯 啊,夫人,有许多理由使我热心给你这恩惠:首
先是为了神明的缘故,其次是为了你答应使我获得
子嗣——我为了这求嗣的事,简直不知如何是好。
但是,我的情形是这样的:只要你去到我的国内,我
一定竭力保护你,那是我应尽的义务;①可是你得自
己离开这地方,因为我不愿意得罪我的东道主人。 730

美狄亚 就这样吧。只要你能够给我一个保证,你便可
以完全满足我的心愿——

埃勾斯 你有什么相信不过的地方?有什么事情使你
不安?

美狄亚 我自然相信你,可是珀利阿斯一家人和克瑞昂
都是我的仇人,倘若你受了盟约的束缚,当他们要把
我从你的国内带走的时候,你就不至于把我交出去;
但是,如果你只是口头上答应我,没有当着神明起
誓,那时候你也许会同他们讲交情,听从他们的使节
的要求。我的力量很单薄,他们却有绝大的财富和
高贵的家室。 740

埃勾斯 啊,夫人,你事先想得好周到啊!假使你真要我
这样做,我也就不拒绝,因为我好向你的仇人借故推
诿,这对我最妥当,你的事情也更为可靠。但请告诉
我,凭哪几位神起誓?

---

① 删去第725至728行一段,大意是:"啊,夫人,我得预先告诉你:我不愿
把你从这地方带走;但是,如果你自己去到我家里,你可以平安住在那
里,我不至于把你交给任何人。"

美狄亚　你得凭地神的平原,凭我的祖父赫利俄斯,凭全体的神明起誓。

埃勾斯　什么事我应该做? 什么事不应该? 你说吧。

美狄亚　你说,决不把我从你的国内驱逐出境;当你还活着的时候,倘若我的仇人想要把我带走,你决不愿意把我交出去。 751

埃勾斯　我凭地神的平原,凭赫利俄斯的阳光,凭全体的神明起誓,我一定遵守你拟定的诺言。

美狄亚　我很满意了。但是,如果你不遵守这盟誓,你愿受什么惩罚呢?

埃勾斯　我愿受那些不敬神的人所受的惩罚。

美狄亚　祝你一路快乐! 现在一切都满意了。等我实现了我的计划,满足了我的心愿,我就赶快逃到你的城里去。 758

〔埃勾斯自观众右方下。

歌队长　但愿迈亚的儿子,那护送行人的王子①把你送回家去,但愿你满足你的心愿,因为我想,埃勾斯,你是个很高贵的人!

美狄亚　宙斯啊,宙斯的女儿正义之神啊,赫利俄斯的阳光啊,我向你们祈求!②

（向歌队）朋友们,现在我就前去战胜我的仇人!③ 在我的计划遭遇着很大困难的地方,出现了这样一个人作为避难的港湾,等我去到帕拉斯的都

---

① 指赫耳墨斯。
② "我向你们祈求"是补充的。
③ 删去第767行,大意是:"现在有希望去惩罚我的敌人。"

39

城与卫城①的时候,我便把船尾系在那里。②

我现在把我的整个计划告诉你,可不要希望这些话会好听。我要打发我的仆人去请伊阿宋到我面前来。等他来时,我要甜言蜜语地说:一切事情都做得很好,都令人满意。③我还要求他让我这两个儿子留下来,我并不是把他们抛弃在这仇人的国内,④乃是想利用这诡计谋害国王的女儿,因为我要打发他们双手捧着礼物⑤——一件精致的袍子、一顶金冠——前去。如果她接受了,她的身子沾着那衣饰的时候,她本人和一切接触她的人都要悲惨地死掉,因为我要在这些礼物上面抹上毒药。

关于这事情,说到这里为止,可是我又为我决心要做的一件可怕的事而痛哭悲伤,那就是我要杀害我自己的孩儿!谁也不能够拯救他们!等我破坏了伊阿宋的全家,大胆地做下了这件最凶恶的事,我便离开这里,逃避我杀害最心爱的孩儿时所冒的危险。朋友们,仇人的嘲笑⑥自然是难于容忍的,但也管不了这许多,因为我对生活还有什么贪图呢,我既已没有城邦,没有家,没有一个避难的地方?我从前听了

---

① 帕拉斯,雅典娜别名,她的都城指雅典。卫城在城中小山上。
② 希腊人为便于开航,把船尾系在岸上。
③ 删去第778至779行,大意是:"说公主的婚姻和骗我的行为都做得很好,我自己被逐的灾难也是安排得很好的。"
④ 删去第782行,大意是:"让我的仇人侮辱我的儿子。"
⑤ 删去第785行,大意是:"把礼物献给新娘,求她使我的孩子们不至于被驱逐出境。"
⑥ 指被仇人捉住时所受的嘲笑。

一个希腊人的话抛弃了我的家乡,那简直是犯了大错!只要神明帮助我,我要去惩罚那家伙!从今后他再也看不见我替他生的孩子们活在世上,他的新娘也不能替他生个儿子,因为我的毒药一定会使这坏女人悲惨地死掉。

不要有人认为我软弱无能,温良恭顺;我恰好是另外一种女人:我对仇人很强暴,对朋友却很温和,要像我这样地为人才算光荣。

歌队长　你既然把这事情告诉了我,我为你好,为尊重人间的律条,劝你不要这样做。

美狄亚　绝没有旁的办法。可是你的话我并不见怪,因为你并没有像我这样受到很大的痛苦。

歌队长　可是,夫人啊,你竟忍心把你的孩儿杀死吗?

美狄亚　因为这样一来,我更能使我丈夫的心痛如刀割。

歌队长　可是你会变成一个最苦的女人啊!

美狄亚　没关系,你现在这些阻拦的话全是多余。

（向保姆）快去把伊阿宋找来,我的一切信赖都放在你身上。如果你忠心于你的主妇,并且你也是一个女人,就不要把我的意图泄露出去。

〔保姆自观众右方下,美狄亚进屋。

八 第三合唱歌

歌　队　（第一曲首节）厄瑞克透斯①的儿孙自古就享受幸福，他们是快乐的神明的子孙，生长在那无敌的神圣的②土地上，吸取那最光华的智慧，他们长久在晴明无比的天宇下翩翩地游行；传说那金发的和谐之神③在那里生育了九位贞洁的庇厄里亚④文艺女神。　　　　　　　　　　　　　　　　　　　　　834

（第一曲次节）传说爱神曾汲取那秀丽的刻菲索斯河⑤的水来滋润田园，还送来馥郁的轻风；那和智慧做伴的爱美之神，那辅助一切的优美之神，替她戴上芳香的玫瑰花冠，送她到雅典。⑥　　　　845

---

① 厄瑞克透斯，雅典城最早的国王，为地神和赫淮斯托斯的儿子，他的妻子是河神刻菲索斯的孙女。
② 自从公元前四八〇年波斯国王塞耳克塞斯毁坏了雅典城后，便不能说这城邦是"无敌的"，因雅典有神明保护，特别是雅典娜，故称"神圣的"。
③ 和谐之神哈耳摩尼亚，战神阿瑞斯和爱神阿佛洛狄忒的女儿。
④ 庇厄里亚，玻俄提亚境内的流泉。那九位文艺女神是在那泉旁生的。一般的传说却说她们是记忆之神所生。
⑤ 刻菲索斯河，阿提卡的主要河流。这河的主神也叫刻菲索斯。古代的雅典人曾引这河水灌溉田园和花园区，那区里有一所爱神庙。
⑥ "她"指爱神。这几行诗很费解。或解作："爱神把芳香的玫瑰花冠戴在她的发间，护送那和智慧做伴的爱美之神。""爱美之神"不是指爱情，乃是指一种爱好真美善的心情。

(第二曲首节)那有着神圣的河流的城邦,那好客的土地,怎能够接待你——清白人中间一个不敬神的人,一个杀害儿子的人?且把杀子的事情再想一想!看你要做一件多么可怕的凶杀的事!我们全体抱住你的膝头,恳求你不要杀害你的孩儿! 855

(第二曲次节)你去做这可怕的胆大的事时,你心里和手里从哪里得来勇气?你亲眼看见你的儿子时,你怎能不为他们的凶死的命运而流泪?等他们跪在你面前求救时,你怎能鼓起那残忍的勇气,让他们的鲜血溅到你的手上? 865

九　第四场

〔美狄亚偕众侍女自屋内上。

〔伊阿宋自观众右方上。

伊阿宋　我听了你的话来到这里，因为，啊，女人，你虽是我的仇敌，我还不至于在这件小事上令你失望。让我听听，你对我有什么新的请求？

美狄亚　伊阿宋，我求你原谅我刚才说的话，既然我们俩过去那样亲爱，你应当容忍我这暴躁的性情。我总是自言自语，这样责备自己："不幸的我呀，我为什么这样疯狂？为什么把那些好心好意忠告我的人当作仇敌看待？为什么仇恨这里的国王，仇恨我的丈夫，他娶这位公主是为我好，是为我的儿子添几个兄弟。神明赐了我莫大的恩惠，我还不平息我的怒气吗？怎么不呢？我不是已经有了两个孩子吗？难道我不知道我们是被驱逐出来的，在这里举目无亲吗？"我一想到这些，就觉得我多么愚蠢，这一场气愤真冤枉！我现在很称赞你，认为你为了我们的缘故而联姻，做得很聪明；我自己未免太傻了，我应当协助你的计划，替你完成，高高兴兴立在床前伺候你的新娘。我们女人真是——我不说我们的坏话，你

可不要学我们这样脆弱,不要以傻报傻。请你原谅,
我承认我从前很糊涂,但如今我思考得周到了一些。

　　孩子们,孩子们,快出来,快从屋里出来!同我
一起,和你们父亲吻一吻,道一声长别。我们一起忘
了过去的仇恨,和我们的亲人重修旧好!因为我们
已和好,我的怒气也已消退。

〔保傅引两个孩子自屋内上。

　　(向两个孩子)快握住他的右手!哎呀,我忽然
想起了那暗藏的祸患!孩儿呀,就说你们还活得了
很长久,你们日后能不能伸出这可爱的手臂来?我
这可怜的人真是爱哭,真是忧虑!我毕竟同你们父
亲和好了,我的眼泪流满了孩子们细嫩的脸。

歌队长　我的眼里也流出了晶莹的眼泪,但愿不会有比
现在更大的灾难!

伊阿宋　啊,夫人,我称赞你现在的言行,那些事情一概
不追究,因为一个女人为她丈夫另娶妻室而生气,是
很自然的。你的心变得很好了,虽然晚一点,毕竟
下了决心,变得十分良善。①

　　(向两个孩子)孩子们,托神明佑助,你们父亲
很关心你们,已经替你们获得了最大的安全②。我
相信,你们还会伙同你们未来的兄弟们成为这科任
托斯地方最高贵的人物。你们只须赶紧长大,一切
事情你们父亲靠了那些慈祥的神明的帮助,会替你

---

① 删去第 913 行,大意是:"这决定,这是一个贤淑的女人所做的。"
② 厄尔本作:"做了很多预先的安排。"

们准备好的。愿我亲眼看见你们走进壮年时代,长得十分强健,远胜过我的仇人。

（向美狄亚）喂,你为什么流出晶莹的眼泪,浸湿了你的瞳孔？为什么把你的苍白的脸转过去？为什么听了我的话,还不高兴？ 924

美狄亚　不为什么,只是我为这两个孩子忧愁。 925

伊阿宋　你为什么为这两个孩子过分悲伤？

美狄亚　因为他们是我生的,你祈求神明使他们活下去的时候,我心里很可怜他们,不知这事情办得到吗？

伊阿宋　你现在尽管放心,做父亲的会把他们的事情办得好好的。

美狄亚　我自然放心,不会不相信你的话,可是我们女人总是爱哭。 931

我请你来商量的事只说了一半,还有一半我现在也向你说说:既然国王要把我驱逐出去,我明知道,我最好不要住在这里,免得妨碍你,妨碍这地方的国王。我想我既是这里的王室的仇人,就得离开这地方,出外流亡。可是,我的孩儿们,你去请求克瑞昂不要把他们驱逐出去,让他们在你手里抚养成人。 940

伊阿宋　不知劝不劝得动国王,可是我一定去试试。

美狄亚　但是,无论如何,叫你的……① 去恳求她父亲——

伊阿宋　我一定去,我想我总可以劝得动她。

---

① 删去第943行,大意是:"你的夫人,不要把孩子驱逐出境。"

美狄亚　只要她和旁的女人一样。我也帮助你做这件困难的事:我要给她送点礼物去,一件精致的袍子、一顶金冠,①叫孩子们带去,我知道这两件礼物是世上最美丽的东西。我得叫一个侍女赶快把这衣饰取出来。

〔一侍女进屋。

这位公主的福气真是不浅,她既得到了你这好人儿做丈夫,又可以得到这衣饰,这原是我的祖父赫利俄斯传给他的后人的。

〔侍女捧着两个匣子自屋内上。

(向两个孩子)孩子们,快捧着这两件送新人的礼物,带去献给那个公主新娘,献给那个幸福的人儿! 她绝不会瞧不起这样的礼物!

958

〔两个孩子各接着一个匣子。

伊阿宋　你这人未免太不聪明,为什么把这些东西从你手里拿出去送人? 你认为那王宫里缺少袍子,缺少黄金一类的礼物吗? 请你留下吧,不要拿出去送人。我知道得很清楚,只要那女人瞧得起我,她宁可要我,不会要什么财物的。

963

美狄亚　你不要这样讲,据说礼物连神明也引诱得动②;用黄金来收买人,远胜过千百句言语③。她有的是幸运,天神又在给她增添,她正年轻,又是这里的王后;不说单是用黄金,就是用我的性命,我也要去赎

---

① 此行即第 949 行,因与第 786 行相同,被厄尔本删去。
② 此句由谚语"礼物能使天神和国王都瞎了眼睛"化出。
③ 这也是一句谚语。

47

我的儿子,免得他们被放逐。

　　孩子们,等你们进入那富贵的宫中,就把这衣饰献给你们父亲的新娘,献给我的主母,请求她不要把你们驱逐出境。这礼物要她亲手接受,这事情十分要紧!你们赶快去,愿你们成功后,再回来向我报告我所盼望的好消息。

〔保傅引两个孩子随着伊阿宋自观众右方下。

一〇　第四合唱歌

歌　队　（第一曲首节）这两个孩子的性命现在一点希望都没有了,一点都没有了:他们已经走近了死亡。那新娘,那可怜的女人,会接受那金冠,那致命的礼物,她会亲手把死神的装饰品戴在她的金黄的鬈发上。

（第一曲次节）那有香气的袍子上的魔力和那金冠上的光辉会引诱她穿戴起来,这样一装扮,她就会到下界去做新娘;这可怜的人会坠入陷阱里,坠入死亡的厄运中,……逃不了毁灭!①

（第二曲首节）你这不幸的人,你这想同王室联姻的不幸的新郎啊,你不知不觉就把你儿子的性命断送了,并且给你的新娘带来了那可怕的死亡。不幸的人呀,眼看你要从幸福坠入厄运!

（第二曲次节）啊,孩子们的受苦的母亲呀,我也悲叹你所受的痛苦,你竟为了你丈夫另娶妻室,这样无法无天地抛弃你,竟为了那新娘的婚姻,想要杀害你的儿子!

---

① 此行残缺了三个缀音。

一一　第　五　场

〔保傅引两个孩子自观众右方上。

保　傅　我的主母,你的孩儿不至于被放逐了,那位公主新娘已经很高兴地亲手接受了你的礼物,从此你的儿子可以在宫中平安地住下去啦。

　　啊!当你的运气好转的时候,你怎么这样惊慌?① 为什么听了我的话,还不高兴?② 　1007

美狄亚　哎呀!

保　傅　这和我带来的消息太不调协了!

美狄亚　不由我不再叹一声!

保　傅　是不是我报告了什么不幸的事情,连自己都不知道,反把它弄错了,当作好消息呢?

美狄亚　你报告了这样的消息,我并不怪你。

保　傅　可是你为什么这样垂头丧气,还流着眼泪呢?

美狄亚　啊,老人家,我要痛哭,因为神明和我都怀着恶意,定下了这条毒计。

保　傅　你放心,你的儿子会把你迎接回来的。

---

① 删去第1006行,大意是:"为什么把你的脸转过去?"此行与第923行("为什么把你的苍白的脸转过去")很相似。
② 此行(自"为什么"起)与第924行相同,也许是伪作。

美狄亚　我这不幸的人倒要先把他们带回老家去。

保　傅　这人间不止你一人才感到母子的别离,你既是凡人,就得忍耐这痛苦。

美狄亚　我就这样做吧。你进屋去,为孩子们准备日常用的东西。

〔保傅进屋。

　　孩子们呀,孩子们! 你们在这里有一个城邦,有一个家,你们永远离开这不幸的我,住在这里,你们会这样成为无母的孤儿。在我还没有享受到你们的孝敬之前,在我还没有看见你们享受幸福,还没有为你们预备婚前的沐浴,为你们迎接新娘,布置婚床,为你们高举火炬之前①,我就将被驱逐出去,流落他乡。只因为我的性情太暴烈了,才这样受苦。啊,我的孩儿,我真是白养了你们,白受苦,白费力,白受了生产时的剧痛。我先前——哎呀! 对你们怀着很大的希望,希望你们养老,亲手装殓我的尸首,这都是我们凡人所羡慕的事情;但如今,这种甜蜜的念头完全打消了,因为我失去了你们,就要去过那艰难痛苦的生活;你们也就要去过另一种生活,不能再拿这可爱的眼睛来望着你们的母亲了。唉,唉! 我的孩子,你们为什么拿这样的眼睛望着我? 为什么向着我最后一笑? 哎呀! 我怎样办呢? 朋友们,我如今看见他们这明亮的眼睛,我的心就软了! 我决不能够! 我得打消我先前的计划,我得把我的孩儿带出去。

---

① 古希腊人于夜里前往迎亲,沿途用火炬照明。

为什么要叫他们的父亲受罪,弄得我自己反受到这双倍的痛苦呢?这一定不行,我得打消我的计划。——我到底是怎么了?难道我想饶了我的仇人,反招受他们的嘲笑吗?我得勇敢一些!我竟自这样脆弱,使我心里发生了这样软弱的思想!　　1052

我的孩儿,你们进屋去吧!

〔两个孩子进屋。

那些认为不应当参加我这献祭的人尽管走开,我决不放松我的手!

(自语)哎呀呀!我的心呀,快不要这样做!可怜的人呀,你放了孩子,饶了他们吧!即使他们不能同你一块儿过活,但是他们毕竟还活在世上,这也好宽慰你啊!——不,凭那些住在下界的报仇神起誓,这一定不行,我不能让我的仇人侮辱我的孩儿①!无论如何,他们非死不可!既然要死,我生了他们,就可以把他们杀死。命运既然这样注定了,便无法逃避。②　　1064

我知道得很清楚,那个公主新娘已经戴上那花冠,死在那袍子里了。我自己既然要走上这最不幸的道路,③我就想这样同我的孩子告别:"啊,孩儿呀,快伸出,快伸出你们的右手,让母亲吻一吻!我

~~~~~~~~~~~~~~~~

① 指克瑞昂的族人因公主被毒死而杀害这两个孩子。
② 厄尔本把此行(自"命运"起)移到第 1239 行("让他们死在更残忍的手里")后面。
③ 删去第 1068 行,大意是:"我还要送他们上那更不幸的道路。"

的孩儿的这样可爱的手、可爱的嘴①、这样高贵的形体、高贵的容貌！愿你们享福——可是是在那个地方享福,因为你们在这里所有的幸福已被你们父亲剥夺了。我的孩儿的这样甜蜜的吻、这样细嫩的脸、这样芳香的呼吸！分别了,分别了！我不忍再看你们一眼！"——我的痛苦已经制伏了我;我现在才觉得我要做的是一件多么可怕的罪行,我的愤怒已经战胜了我的理智。②

1079

歌队长　我也曾多少次探索过那更微妙的思想,研究过那更严肃的争辩,那原不是我们女人所能讨论的。我们也有一位文化女神,她同我们做伴,给我们智慧;可是她并不和我们大家做伴,而是和少数人做伴,也许在一大群女人里头,只有一个同她在一起,但由此可见,我们女人并不是完全没有智慧的。我认为那些全然没有经验的人,那些从没有生过孩子的人,倒比那些做母亲的幸福得多,因为那些没有子女的人不懂得养育孩子是苦是乐,可以减少许多烦恼;我看见那些家里养着可爱的孩子的人一生忧愁:愁着怎样把孩子养得好好的,怎样给他们留下一些生活费,此后还不知他们辛辛苦苦养出来的孩子是好是坏。这人间还有一个最大的灾难我也要提提:就说他们的生活十分富裕,孩子们的身体也发育完成,他们为人又好;但是,如果命运这样注定,死神把

---

① 厄尔本作"头"。
② 删去第1080行,大意是:"这愤怒是人类最大的祸根。"

　　　　孩子们的身体带到冥府去,那就完了!神明对我们
　　　　凡人,在一切痛苦之上,又加上这种丧子的痛苦,这
　　　　莫大的惨痛,这对他们又有什么好处呢?
美狄亚　朋友们,我等候消息已等了许久,我要看那宫中
　　　　的事情到底是怎样结果的。
　　　　　看啊,我望见伊阿宋的仆人跑来了,他那喘吁吁
　　　　的样子,好像他要报告什么很坏的消息。
　　　　〔传报人自观众右方急上。
传报人　①美狄亚,快逃走呀,快逃走呀!切莫留下一只
　　　　航海的船,一辆陆行的车子!②
美狄亚　什么事情发生了,要叫我逃走?
传报人　公主死了,她的父亲克瑞昂也叫你的毒药害了!
美狄亚　你报告了这最好的消息,从今后你就是我的恩
　　　　人、我的朋友。
传报人　你说什么呀?夫人,我看你害了我们的王室,你
　　　　听了这消息,不但不惊骇,反而这样高兴,你的神志
　　　　是不是很清?该没有错乱吧?
美狄亚　我自有理由回答你的话。请不要性急,朋友,告
　　　　诉我,他们是怎样死的。如果他们死得很悲惨,你便
　　　　能使我加倍的快乐。
传报人　当你那两个儿子随着他们父亲去到公主那里,
　　　　进入新房的时候,我们这些同情你的痛苦的仆人很
　　　　是高兴,因为那宫中立刻就传遍了消息,说你和你丈

---

① 删去第1121行,大意是:"你这无法无天的、做出了这可怕的事情来的人啊!"
② 意即不要扔下不用。

夫已经排解了旧日的争吵。有的人吻他们的手,有的人吻他们的金黄的鬈发;我自己也乐得忘形,竟随着孩子们进入了那闺中。①我们那位现在代替你的地位受人尊敬的主母,在她看见那两个孩子以前,她先向伊阿宋多情地飞了一眼!她随即看见孩子们进去,心里十分憎恶,忙盖上了她的眼睛,掉转了她那变白了的脸面。你的丈夫因此说出了下面的话,来平息那女人的怒气:"请不要对你的亲人发生恶感,快止住你的愤怒,掉过头来,承认你丈夫所承认的亲人。请你接受这礼物,转求你父亲,为了我的缘故,不要驱逐孩子们。"她看见了那两件衣饰,便不能自主,完全答应了她丈夫的请求。当你的孩子和他们的父亲离开那宫廷,还没有走得很远的时候,她便把那件彩色的袍子拿起来穿在身上,更把那金冠戴在鬈发上,对着明镜理理她的头发,自己笑她那懒洋洋的形影。她随即从坐椅上站了起来,拿她那雪白的脚很娇娆地在房里踱来踱去,十分满意于这两件礼物,并且频频注视那直伸的脚背。

这时候我看见了那可怕的景象,看见她忽然变了颜色,站立不稳,往后面倒去,她的身体不住地发抖,幸亏是倒在那座位上,没有倒在地下。那里有一个老年女仆,她认为也许是山神潘,或是一位别的神在发怒,就大声呼唤神灵!等到她看见她嘴里吐白

---

① 古希腊的妇女们居住的闺房是不许男人进去的。这传报人得解释他怎样会进入了那闺房。

沫，眼里的瞳孔向上翻，皮肤上没有了血色，她便大声痛哭起来，不再像刚才那样叫喊。立刻就有人去到她父亲的宫中，还有人去把新娘的噩耗告诉新郎，全宫中都回响着很沉重的、奔跑的声音。约莫一个善走的人绕过那六百尺①的赛跑场，到达终点的工夫，那可怜的女人便由闭目无声的状态中苏醒过来，发出可怕的呻吟，因为那双重的痛苦正向着她进袭：她头上戴着的金冠冒出了惊人的、毁灭的火焰；那精致的袍子，你的孩子献上的礼物，更吞噬了那可怜人的细嫩的肌肤。她被火烧伤，忽然从座位上站起来逃跑，时而这样、时而那样摇动她的头发，想摇落那金冠；可是那金冠越抓越紧，每当她摇动她的头发的时候，那火焰反加倍地旺了起来。她终于给厄运克服了，倒在地下，除了她父亲而外，谁都难于认识她，因为她的眼睛已不像样，她的面容也已不像人，血与火一起从她头上流了下来，她的肌肉正像松脂泪似的，一滴滴地叫毒药的看不见的嘴唇从她的骨骼间吮了去，这真是个可怕的景象！谁都怕去接触她的尸体，因为她所遭受的痛苦便是个很好的警告。

　　她的父亲——那可怜的人——还不知道这一场祸事。这时候他忽然跑进房里，跌倒在她的尸体上。他立刻就惊喊起来，双手抱住那尸身，同她接吻，并且这样嚷道："我的可怜的女儿呀！是哪一位神明这样侮辱着害了你？是哪一位神明使我这行将就木

---

① 指希腊尺，六百尺约合一百八十四米。

的老年人失去了你这女儿?哎呀,我的孩儿,我同你一块儿死吧!"等他止住了这悲痛的呼声,他便想立起那老迈的身体来,哪知竟会粘在那精致的袍子上,就像常春藤的卷须缠在桂树上一样。这简直是一种可怕的角斗:一个想把膝头立起来,一个却紧紧地胶住不放;他每次使劲往上拖,那老朽的肌肉便从他的骨骼上分裂了下来。最后这不幸的人也死了,断了气,因为他再也不能忍受这痛苦了。女儿同老父的尸首躺在一块儿——这样的灾难真叫人流泪!　　　1221

　　关于你的事,我没有什么可说的,因为你自己知道怎样逃避惩罚。这不是我第一次把人生看作幻影,①这人间没有一个幸福的人,有的人财源滚滚,虽然比旁人走运一些,但也不是真正有福。　　　　　　1230

〔传报人自观众右方下。

歌队长　看来神明要在今天叫伊阿宋受到许多苦难,在他是咎由自取。②

美狄亚　朋友们,我已经下了决心,马上就去做这件事情:杀掉我的孩子再逃出这地方。③我决不耽误时机,决不撇下我的孩儿,让他们死在更残忍的手里。④我的心啊,快坚强起来!为什么还要迟疑,不

---

① 删去第1225至1227行一段,大意是:"我敢说,那些仿佛很聪明的人、那些善于说话的人会遭受最大的惩罚。"
② 删去第1233至1235行一段,大意是:"啊,克瑞昂的不幸的女儿呀,我们多么可怜你所受的痛苦,为了同伊阿宋结婚,你走进了冥土的门户。"
③ 这一句(自"杀掉"起)也许是伪作。
④ 删去第1240至1241行,这两行与第1062至1063行("无论如何,他们非死不可!既然要死,我生了他们,就可以把他们杀死。")完全相同。

去做这可怕的、必须做的坏事！啊，我这不幸的手呀，快拿起，拿起宝剑，到你的生涯的痛苦的起点上去，①不要畏缩，不要想念你的孩子多么可爱，不要想念你怎样生了他们，在这短促的一日之间暂且把他们忘掉，到后来再哀悼他们吧。他们虽是你杀的，你到底也心疼他们！——啊，我真是个苦命的女人！　　1250

〔美狄亚偕众侍女进屋。

---

① "生涯的"厄尔本作"暴力的"。

一二　第五合唱歌

歌　　队　（第一曲首节）地神啊，赫利俄斯的灿烂的阳光啊，趁这可诅咒的女人还不曾举起她那凶恶的手，落到她的儿子身上，好好看住她，看住她！——她原是从你①的黄金的种族里生出来的——只怕神明的血族要给凡人杀害了！你这天生的阳光啊，赶快禁止她，阻挡她，把这个被恶鬼所驱使的、瞎了眼的仇杀者赶出门去！　　　　　　　　　　　　　　1260

　　（第一曲次节）你这曾经穿过那深蓝的辛普勒伽得斯，穿过那最不好客的海口②的女人啊，你白受了生产的阵痛，白生了这两个可爱的儿子！啊，可怜的人呀，强烈的愤怒为什么这样冲击着你的心，你的慈爱③为什么变成了残杀？这杀害亲子的染污对于我们凡人，是很危险的，我明知上天会永久降祸到你这杀害亲属的人的家里。（本节完）　　1270

孩子甲　（自内）哎呀，怎样办？向哪里跑，才能够逃脱

---

① 指赫利俄斯。
② 指黑海海口。据说黑海风浪大，沿岸多野蛮民族，他们杀外来的客人来献祭，故称"最不好客的"。
③ 这四个字是补充的。

母亲的手呢？
孩子乙　（自内）我不知道,啊,最亲爱的哥哥呀,我们两人都完了！
歌　队　（第二曲首节）你听见,听见孩子们在呼唤没有？哎呀,不幸的女人啊！我应当进屋里去吗？我应当为孩子们抵御这凶杀的行为吗？
孩子甲乙　（自内）是呀,看在神明面上,快保护我们！我们需要保护,因为我们正处在剑的威胁之下呢！
歌　队　啊,可怜的人呀,你好似铁石,竟自伤害你的儿子,伤害你自己所结的果实,亲手给他们造成这样的命运！　　　　　　　　　　　　　　　　　　1281

　　　（第二曲次节）我听说古时候有一个女人,也只有她一个女人,才亲手杀害过她心爱的孩儿,〔就是叫神明激得发狂、被宙斯的妻子赶出门外去漂泊的伊诺；〕①那可怜的女人为了那杀子的罪过跑去投水,（她从那海边的悬岩上跳下去,随着她两个孩子一块儿死掉了。）②还有什么比这个更可怕呢？啊,痛苦的婚姻呀,你曾给人间造下了多少灾难！　　1292

---

① 括弧里的两行诗不很可靠,因为伊诺并没有杀害过她的孩子们。
② 括弧里的两行诗不很可靠。

一三 退 场

〔伊阿宋偕众仆人自观众右方上。

伊阿宋　啊,你们这些站在这屋前的妇女呀,那做出了这可怕的事情的女人——美狄亚——究竟在家里呢,还是逃跑了?如果她不愿遭受王室的惩罚,她就得把她的身子藏入地下,或是长了翅膀腾上天空。她既然杀害了这地方的主上,还能够相信她可以平安地逃出这屋子吗?可是我对她的关怀远不及我对我的孩子们。那些被她害了的人自然会给她苦受的,我乃是来救我孩儿的性命的,免得国王的亲族害了他们,为了报复他们母亲的不洁的凶杀。　1305

歌队长　啊,伊阿宋,不幸的人呀,你还不知道你遭受了多么大的灾难;要不然,你就不会说出这话来了。

伊阿宋　那是什么灾难呀?难道她想要杀我?

歌队长　你的儿子叫他们母亲亲手杀死了!

伊阿宋　哎呀,你说什么?女人呀,你竟自这样害了我!

歌队长　你很可以相信,你的孩子们已经不在人世了!

伊阿宋　她到底在哪里杀的?在屋里呢,还是在外面?

歌队长　开开大门,你就可以看见你的孩子们遭了凶杀。

伊阿宋　仆人们,赶快下木闩,取插销,让我看看那双重

的、可怕的景象,看见孩子们死了,还看见她——血
债用血还! 1316

〔美狄亚带着两个孩子的尸首乘着龙车自空中
出现。①

美狄亚　你为什么要摇动,要推开那双扇门,②想要寻找
这些死者和我这凶手?快不要这样浪费工夫!如果
你是来找我的,那你就快说你想要什么!你的手可
不能挨近我,因为我的祖父赫利俄斯送了我这辆龙
车,好让我逃避敌人的毒手。 1322

伊阿宋　可恶的东西,你真是众神、全人类和我所最仇恨
不过的女人,你敢于拿剑杀了你所生的孩子,这样害
了我,使我变成了一个无子的人!你做了这件事情,
做了这件最凶恶的事情,还好意思和太阳、大地相
见?你真该死!当我从你家里,从那野蛮地方,把你
带到希腊来居住的时候,我真是糊涂;到如今,我才
明白了,你原是你父亲的莫大的祸根,原是那生养你
的祖国的叛徒,原是上天降下来折磨我的!自从你
在你家里杀死了你的兄弟以后,你就上了那有美丽
的船头的阿耳戈,你的罪行就是这样开始的。后来
你嫁给我,替我生了两个孩子,却又因为我离开你的
床榻,竟自这样杀害了他们!从没有一个希腊女人
敢于这样做,我还认为我不娶希腊女儿,娶了你,是
一件很美的事情呢!哪知这是一个仇恨的结合,对

---

① 龙车吊在起重机下面,美狄亚站在车上。
② 厄尔本作:"你为什么说起摇动、推开?"

于我真是一个祸害,我所娶的不是一个女人,乃是一只牝狮,天性比提耳塞尼亚的斯库拉①更残忍!可是这许多辱骂并不能伤害你,因为你生来就是这样无耻!啊,你这作恶的、杀害亲子的人,去你的吧!我要悲痛我自己的不幸,我再不能享受新婚的快乐,也不能叫我所生养的孩子活在世上,对我道一声永诀,我简直完了!　　　　　　　　　　　　　　1350

美狄亚　假如父亲宙斯还不知道我待你多么好,你做事多么坏,我就要说出许多话来同你辩驳。可是你并不能鄙弃我的床榻,拿我来嘲笑,自己另外过一种愉快的生活。那公主和那把女儿嫁给你的克瑞昂,也不能不受到一点惩罚,就把我驱逐出境。只要你高兴,你可以把我叫作牝狮,或是住在什么提耳塞尼亚地方的斯库拉。可是你的心已被我绞痛了,我做这事本是应该!　　　　　　　　　　　　　　　1360

伊阿宋　可是你也伤心,这些哀痛你也有份。

美狄亚　你很可以这样相信,我知道你不能冷笑,就可以减轻我的痛苦。

伊阿宋　啊,孩儿们,你们的母亲多么恶毒呀!

美狄亚　啊,孩儿们,这全是你们父亲的疯病害了你们!

伊阿宋　可是我并没有亲手杀害他们。

美狄亚　可是你的狂妄和你的新结的婚姻却害了

---

① 提耳塞尼亚,古意大利北部的伊特鲁立亚。斯库拉是意大利南端墨塞涅(现称"墨西拿")海边石洞里吃人的妖怪。伊阿宋说错了斯库拉的居住地点。

他们。①

伊阿宋　你认为你为了我的婚姻的缘故,就可以杀害他们吗?

美狄亚　你认为这种事情对于做妻子的,是不关痛痒的吗?

伊阿宋　至少对于一个能够自制的妻子是这样的。可是在你的眼里,一切都是坏事。

美狄亚　他们已经不在人世了,这正好使你的心痛如刀割!

伊阿宋　呀,你头上飘着两个报仇人的魂灵!

美狄亚　神明知道是谁首先害人的!

伊阿宋　神明知道你那可恶的心!

美狄亚　随你恨吧!我也十分憎恶你在那里狂吠!

伊阿宋　我对你还不是一样!可是我们要分开是很容易的。

美狄亚　怎么个分法?怎么办?难道我还不愿意?

伊阿宋　让我埋葬死者的尸体,哀悼他们。

美狄亚　这可不行,我要把他们带到那海角②上的赫拉的庙地上,亲手埋葬,免得我的仇人侮辱他们,发掘他们的坟墓。我还要规定日后在西绪福斯的土地上,举行很隆重的祝典与祭礼,好赎我这凶杀的罪过。我自己就要到厄瑞克透斯的土地上,去和埃勾斯——潘狄昂的儿子——一块儿居住。你这坏东西,

---

① "却害了他们"是补充的。
② "海角"指科任托斯城对面伸入海中的小山,山上有赫拉庙。

你已亲眼看见你这新婚的悲惨的结果,你并且不得好死,那阿耳戈船的破片会打破你的头颅,①倒也活该! 1388

伊阿宋　但愿孩子们的报仇神和那报复凶杀的正义之神,把你毁灭!

美狄亚　哪一位神明或是神灵②会听信你,听信你这赌假咒、出卖东道主③的家伙?

伊阿宋　呸,你难道不是一个可恶的东西,杀孩子的凶手!

美狄亚　快回家去埋葬你的新娘吧!

伊阿宋　我就去,啊,我的两个孩儿都已丧失了!

美狄亚　这还不是你哭的时候,到你老了再哭吧! 1396

伊阿宋　我最亲爱的孩儿啊!

美狄亚　对他们的母亲,他们是亲的,对你,哪能算亲?

伊阿宋　可是你为什么又把他们杀死呢?

美狄亚　这样才能够伤你的心!

伊阿宋　哎呀,我很想吻一下孩子们的可爱的嘴唇!

美狄亚　你现在倒想同他们告别,同他们接吻,可是那时候,你却想把他们驱逐出去呢。

伊阿宋　看在神明面上,让我摸摸孩子们的细嫩的身体!

美狄亚　这不行,你只是白费唇舌! 1404

伊阿宋　啊,宙斯呀,你听见没有?听见我怎样被人赶

---

① 美狄亚预言她丈夫不得好死。据说伊阿宋后来没有续娶,并且活了很高的寿命,终于像美狄亚所预言的那样死去。一说他因为遭了家庭的变故,忧郁而死。
② 指报仇神和正义之神。
③ 伊阿宋去到科尔喀斯时,美狄亚曾作为东道主款待过他。

走,听见这可恶的、凶杀的牝狮怎样叫我受苦没有?

（向美狄亚）我哀悼他们,只要我办得到,我一定恳求神灵作证,证明你怎样杀死了我的孩儿,怎样阻拦我去抚摸他们、安葬他们的尸体。但愿我不曾生下他们,也免得看见你把他们杀害了! 1414

〔美狄亚乘着龙车自空中退出。

〔伊阿宋偕众仆人自观众右方下。

歌　队　（唱）宙斯高坐在俄林波斯分配一切的命运,①神明总是做出许多料想不到的事情。凡是我们所期望的往往不能实现,而我们所期望不到的,神明却有办法。这件事也就是这样结局。② 1419

〔歌队自观众右方退场。

---

① 或解作"保存着许多东西"。荷马诗里曾说宙斯的门口有一对大瓶,里面装着人类的命运。俄林波斯为希腊北部的高山,相传是众神的住处。
② 这四行（自"神明总是"起）重现于欧里庇得斯的《阿尔刻提斯》《海伦》《酒神的伴侣》和《安德洛玛刻》四剧中,但只合于《阿尔刻提斯》一剧的情节。

特洛亚妇女

此剧本根据蒂勒尔(R. Y. Tyrrell)编订的《欧里庇得斯的特洛亚妇女》(*The Troades of Euripides*, MacMillan, London, 1921)古希腊文译出。

特洛亚的陷落

公元前五世纪瓶画。画中的上半是普里阿摩斯躲在阿波罗神坛上;阿喀琉斯的儿子涅俄普托勒摩斯提着赫克托耳的儿子阿斯提阿那克斯,向普里阿摩斯打过去。下半是希腊人攻进城以后,安德洛玛刻举起一根木棒,保护她的儿子阿斯提阿那克斯。

场　次

一　开场(原诗第 1 至 97 行) ………………………… *74*
二　进场歌(原诗第 98 至 234 行) …………………… *79*
三　第一场(原诗第 235 至 510 行) …………………… *84*
四　第一合唱歌(原诗第 511 至 567 行) ……………… *96*
五　第二场(原诗第 568 至 793 行) …………………… *98*
六　第二合唱歌(原诗第 794 至 859 行) ……………… *108*
七　第三场(原诗第 860 至 1059 行) …………………… *111*
八　第三合唱歌(原诗第 1060 至 1117 行) …………… *119*
九　退场(原诗第 1118 至 1332 行) …………………… *121*

人 物

（以上场先后为序）

波塞冬——克洛诺斯与瑞亚的儿子，海神。

雅典娜——宙斯的女儿。

赫卡柏——特洛亚国王普里阿摩斯的妻子，赫克托耳与帕里斯的母亲。

歌队——由十五个特洛亚妇女组成。

塔尔提比俄斯——希腊军中的传令官。

侍从数人——塔尔提比俄斯的侍从。

卡珊德拉——普里阿摩斯与赫卡柏的女儿。

安德洛玛刻——赫克托耳的妻子。

阿斯提阿那克斯——赫克托耳与安德洛玛刻的儿子。

墨涅拉俄斯——斯巴达国王，阿伽门农的弟弟，海伦的原夫。

兵士数名——墨涅拉俄斯的兵士。

海伦——墨涅拉俄斯的原妻，被帕里斯拐走。

妇女数人——特洛亚俘虏。

队长数名——希腊军官。

布 景

特洛亚郊外的战场，背景前面有几个帐篷。

时　代

英雄时代。

一 开 场

〔赫卡柏睡在场中,波塞冬自景后上。

波塞冬　我波塞冬离开了爱琴海的深处①——那海里有一群涅瑞伊得斯②飘舞着轻盈的脚步,来到这里。自从阿波罗和我用笔直的红土线③在特洛亚境内建筑起这巨石的城楼,我对这佛律癸亚人④的都城的一片关怀始终没有消退,但如今它竟遭了火灾,毁灭在阿耳戈斯人⑤的矛尖下。那名叫厄珀俄斯的福喀斯人,从帕耳那索斯山来的,凭了雅典娜的技巧,制造了一匹里面藏着兵器的马,送进城里,带来了致命的灾难;后世的人会叫它作暗藏戈矛的木马。

那圣林只剩下一片荒凉,神殿里还流着鲜血;普里阿摩斯被人杀死了⑥,倒在宫前的宙斯的祭坛下。

---

① 海神波塞冬住在爱琴海欧玻亚岛旁海底。
② 涅瑞伊得斯,地中海女神,共五十个,是涅柔斯和多里斯的女儿。
③ 红土线,木工用来粘红土的线,类似我国木工所用墨线。
④ 佛律癸亚人,佛律癸亚是小亚细亚一地区,特洛亚在其境内,广义指特洛亚人。
⑤ 阿耳戈斯人,阿耳戈斯是阿伽门农的都城,广义指希腊人。
⑥ 特洛亚国王普里阿摩斯被阿喀琉斯之子皮洛斯所杀。

许多黄金和特洛亚的甲杖被人运入了阿开俄斯人①的船舱;这些来攻打这都城的希腊人正待和风从船尾吹来,好在十年战役后,高高兴兴回去看望妻子儿女。

我屈服在雅典娜和赫拉,阿耳戈斯的女神的威力下——她们都是来协助攻打佛律癸亚的,我现在要离开这闻名的伊利昂,离开我的祭坛;因为凄凉占据了这都城,神道也就衰微了,无人崇拜。请听啊,斯卡曼德洛斯两岸回响着成群俘虏的悲声,那些俘虏已分配给她们的主人了:有的分配给阿耳卡狄亚人,有的分配给忒萨利亚②人,那两位雅典的将领,忒修斯的两个儿子③,也分到了两个女俘虏④。还有一些尚待分配的特洛亚妇女却还住在那营帐里,那是特别为军中的将领选出来的;那拉孔⑤女人海伦,廷达瑞俄斯的女儿,也在那里面,也该算是一个俘虏。

如果有人想看那不幸的赫卡柏,她就在那里,躺在那城门下,为了许多伤心事泪如泉涌。她的女儿,那苦命的波吕克塞娜,叫人偷偷地杀献在阿喀琉斯的坟前⑥。老普里阿摩斯死了,他的儿子们也都死

---

① 阿开俄斯人,北来的一支希腊人,在特洛亚作战的主力,广义指希腊人。
② 忒萨利亚,在希腊北部。
③ 忒修斯,雅典国王,他的两个儿子是阿卡马斯和得摩丰。
④ "两个女俘虏"是补充的。
⑤ 拉孔,即拉科尼刻,在伯罗奔尼撒平原东南部,斯巴达城在其境内。
⑥ 阿喀琉斯生前爱过波吕克塞娜,他托梦要这女子,其子皮洛斯就杀她献祭。

了,还有那疯狂的闺女卡珊德拉——连阿波罗都保全了她的童贞,竟被阿伽门农逼到他床上做了妾,他也未免太不顾神意,太不够虔敬了。 44

〔波塞冬正要退出的时候,雅典娜自景后出现。

这煊赫一时的都城啊,这磨光的石头望楼啊,永别了!若不是帕拉斯——宙斯的女儿——把你毁灭了,你如今依然会屹立在城基上。① 47

雅典娜　我可以释去了过去的仇恨②,同我最亲近的叔父,同这位伟大的神、天上的尊者,谈两句话吗?

波塞冬　雅典娜,自然可以,因为血统的关系使我们心里发生很亲密的情感。

雅典娜　我赞美你这和平的心情。啊,海王,我所带来的话和你我都有关系。 54

波塞冬　你是不是从天上带来了新的消息?是宙斯降下了什么旨意呢,还是旁的神有了什么吩咐?

雅典娜　都不是,乃是为了特洛亚,为了我们这脚底下的都城,我来求你的威力,把它同我自己的联合在一起。

波塞冬　你难道忘却了先前的仇恨,可怜它毁灭在火焰里? 60

雅典娜　且先谈我的请求:你赞不赞成我的话,愿不愿意帮我做一件我想做的事情?

波塞冬　十分愿意。可是我想知道你的用意,你是来帮

---

① 第1至47行是"开场白"。
② 波塞冬曾同雅典娜(别名帕拉斯)争过雅典城。本剧又把波塞冬放在同情特洛亚人这一方(这和荷马史诗所说不同)。

助希腊呢,还是来帮助特洛亚?
雅典娜　我要叫特洛亚人,我先前的仇敌,感觉欣慰,给希腊人一个痛苦的归程。
波塞冬　你为什么这样翻来覆去,恨得凶,爱也无常?
雅典娜　你还不知道希腊人侮辱了我,侵犯了我的神殿吗?
波塞冬　我知道埃阿斯①从那里把卡珊德拉强行拖走了。
雅典娜　却没有一个希腊人惩罚他,或责骂他两句。
波塞冬　他们并且凭了你的威力,攻下了伊利昂。
雅典娜　因此我想同你去害他们。
波塞冬　不论你想做什么,我都准备帮忙。你到底想怎么样?
雅典娜　我想给希腊军一个痛苦的归程。
波塞冬　趁他们留在这里的时候呢,还是等他们到了海上再说?
雅典娜　等他们从特洛亚扬帆归去时。那时候宙斯会降下大得骇人的冰雹雨水,从天上吹来昏暗的风暴,他还答应把雷电给我,好用来劈死阿开俄斯人,烧毁他们的船只。

　　请你在爱琴海道上激起怒吼的波涛和回旋的流水,用希腊人的尸首填满欧玻亚的海湾②;让希腊人日后知道敬重我的神殿,崇拜其余的众神。
波塞冬　一定办得到:这点小恩惠我可以一句话答应你。

～～～～～～～
① 指小埃阿斯,洛克里斯国王俄伊琉斯之子。一说他在雅典娜神殿里奸污了躲在那里的卡珊德拉。
② 指欧玻亚岛东南角上卡斐柔斯和革赖斯托斯之间的海湾。

我会叫爱琴海上波涛汹涌,把成千成万的尸首抛在密科诺斯①岸上、得罗斯崖旁,抛在斯库洛斯②、楞诺斯③和卡斐柔斯的海角上。

你快到俄林波斯去,从你父亲手里,把霹雳取来等候时机,等候阿耳戈斯军解缆启航。

〔雅典娜自观众右方下。

你们这凡间的人真愚蠢,你们毁了别人的都城、神的庙宇和死者安眠的坟墓;你们种下了荒凉,日后收获的也就是毁灭啊!

〔波塞冬自观众右方下。

---

① 密科诺斯,爱琴海中部小岛,在雅典东南。
② 斯库洛斯,欧玻亚岛东边的岛。
③ 楞诺斯,爱琴海北部岛屿。

二 进场歌

〔赫卡柏渐渐醒来。

赫卡柏 （第一曲首节）啊，可怜的人，快从地下抬起你的头来，抬起你的脖子来！这已经不是特洛亚了，我们已经不是这都城的主宰了。你得忍受这逆转的命运，顺着流水航行，顺着命运航行，哎呀呀，你如今在苦难中飘摇，切不可掉过船头和人生的波涛作对！我这苦命的人怎不该放声痛哭呢？我的祖国崩溃了，我的丈夫和儿女也都死亡了。啊，先世的无上尊荣，你竟缩卷帆篷，不见了踪影！ 109

（第一曲次节）什么话说得，什么话说不得？① 啊，我这可怜的人竟躺在这倒霉地方，躺在这坚硬的床上！哎呀，我的头啊，我的太阳穴啊，哎呀呀，我的腰啊！我不停地唱着这悲哀的歌，我真想转动我的后背，转动我的脊骨，像一只海船左右摇摆。唱一曲忧郁的毁灭之歌，对我们这些不幸的人这也就是音乐！ 121

〔赫卡柏站起来，望着希腊船只。

---

① 删去第 111 行，大意是：“什么事情我应悲伤！”可能是伪作。

（第二曲首节）啊，那海上的船头，你架上飞快的桨，在有笛声相和的可恨的战歌里，在排箫的尖音里，①在紫蓝色的海上，沿着希腊的有良好的港口的海岸，来到了这神圣的伊利昂，把埃及的纸草绳系在特洛亚的海湾里。

唉，你前来追回墨涅拉俄斯的逃妻②，那可恨的女人，她为她哥哥卡斯托耳遗下耻辱，为欧洛塔斯河③留下一个大污点。那养了五十个儿女的父亲是她杀害的，她还把我这苦命的人也搁在患难的礁石上。

（第二曲次节）我如今坐在阿伽门农的营帐前，坐在这样的位子上！我这么大年纪，还从我自己家里被人带去当奴隶，这样可怜地剪了头发，表示悲哀。

〔赫卡柏忽然激动起来，呼唤营帐里的妇女。

呀，舞弄铜矛的特洛亚将士的可怜的妻子们啊，可怜的女儿们啊，苦命的新娘们啊，伊利昂正冒着浓烟，让我们齐声痛哭吧！我就像那鸟中的母亲向雏儿发出悲鸣，这声音再也不像我从前倚着普里阿摩斯的王杖，为了歌颂神明，顿着领队的脚时所发出的佛律癸亚的踏步声了④。

〔歌队的甲半队自帐内上。

---

① 古希腊船上有人用笛子和排箫为水手奏出扳桨的节拍。
② 指海伦。
③ 欧洛塔斯河，斯巴达境内主要河流。
④ 佛律癸亚的音乐很著名。此指用脚踏出音乐的节拍给歌队信号。

甲半队　（第三曲首节）赫卡柏,你为什么这样呼唤,这样痛哭?你的话是什么意思?我们在营帐里听见你大放悲声,我们特洛亚妇女正是心惊胆战,在里面悲叹我们的奴隶生活。 158

赫卡柏　啊,我的孩儿,阿耳戈斯人在船上把住桨就要开船了。

甲半队　哎呀,那是什么意思呢?他们就要叫我离开祖国,把我带到海上去么?

赫卡柏　我不知道,我看是祸事到了。 164

甲半队　唉,我们这些苦命的人就可以听见厄运的召唤了:"你们特洛亚妇女啊,快从营帐里出来,阿耳戈斯人准备要航行归去了!"

赫卡柏　哎呀呀,别把那疯狂的卡珊德拉,别把那神灵附体的女子送出来,让她受阿耳戈斯人的侮辱,使我痛上加痛。特洛亚,不幸的特洛亚,你竟自毁灭了!唉,我们这些正要离开你的生者以及那些死者真是不幸啊! 175

〔歌队的乙半队自帐内上。

乙半队　（第三曲次节）哎呀,我惊惶地离开了阿伽门农的营帐,王后啊,来向你打听消息:是不是希腊人要把我这可怜的人杀了,是不是舟子们解了那船尾的缆索,准备要扳桨启航?

赫卡柏　我的孩儿,我早就出来了,有一种恐惧扰乱了我的警醒的灵魂。

乙半队　是不是来了一个希腊的传令官?我这可怜的奴隶到底归了谁?

赫卡柏　你立刻就要被分配了。

乙半队　哎呀,哪一个阿耳戈斯人或佛提亚人①要把我带走,哪一个人会把我带到海岛上去,使我这可怜的人远离特洛亚? 189

赫卡柏　唉,唉,我这白发的苦命人到哪里去给人当奴隶呢?我就像一只雄蜂②,一具可怜的尸首,一座死人的呆板的石像。我曾在特洛亚享受过王家的荣誉,难道还叫我去把守大门,或看护婴儿么? 196

歌　队　(第四曲首节)哎呀,你又怎样悲叹你就要遭受的耻辱呢?③

我再也不能在伊达山④的织机上掷梭了。让我看一眼孩子们的尸首,这是最后一次了!我就要去受更大的苦难,给希腊人铺床叠被——那样的夜间和命运真该诅咒啊!或是到珀瑞涅去汲水,在那圣泉旁做一个奴隶。 206

但愿我去到那闻名的福地,去到忒修斯的治下;切不要去到欧洛塔斯的旋流旁,去到海伦的可厌的宫中伺候墨涅拉俄斯,我们的都城原是他毁灭的啊! 213

(第四曲次节)常听说珀涅俄斯河⑤旁有一片神圣的原野,那是俄林波斯山麓下大好的平台,那地方载着无量的财富,果谷丰收。如果我无缘去到忒修

---

① 佛提亚在忒萨利亚境内,此指阿喀琉斯的族人。
② 古希腊人用雄蜂喻好吃懒做的人。
③ 歌队自问自答。
④ 指特洛亚。
⑤ 珀涅俄斯河,忒萨利亚主要河流,由俄萨山和俄林波斯山之间入海。

斯的福地,求其次就到那神圣的平原。

或是到腓尼基城①对岸的西西里岛上,到赫淮斯托斯的埃特纳山②下,那是群山之母,常听人传言那里的竞技的荣冠③。

我还想住在伊俄尼亚海边,住在刻剌提斯河④灌溉的田园,那河水能把头发染作黄金,那河流用神圣的泉水来滋润那养育英雄的地方,使它有福。
(本节完)

歌队长　看啊,一个传令官,一个报告新消息的人,从希腊军中跑来了,他的脚步是那样匆忙!他带来了什么信息?他要宣布什么命令?我们从此成为多里斯人⑤的奴隶了。

---

① 腓尼基城,指卡耳刻冬,即迦太基。
② 传说火神赫淮斯托斯在西西里岛埃特纳火山下炼铁。
③ 指运动会上所获花冠。在希厄戎时代,西西里的运动会很著名。
④ 刻剌提斯河,流经意大利南端图里昂平原,在绪巴里斯城附近入海。
⑤ 多里斯人,借指希腊人。但多里斯人是在特洛亚战争后才从希腊北部南移的,系诗人用词上所犯的时代错误。

三 第 一 场

〔塔尔提比俄斯偕众侍从自观众右方上。

塔尔提比俄斯　赫卡柏,你知道我这传令官时常从希腊军中来到特洛亚城里,所以,王后啊,你从前不是不认识我,我就是塔尔提比俄斯,前来传报新消息的。

赫卡柏　啊,亲爱的妇女们,……①这便是我们先前所惧怕的。

塔尔提比俄斯　你们已被分配了,如果这就是你们所惧怕的。

赫卡柏　哎呀,你是说把我们分配到卡德墨亚②去呢,还是分配到忒萨利亚或佛提亚的都城去?

塔尔提比俄斯　分配你们各自到各自的主子那里去,不是大家一起到一个地方。

赫卡柏　我们各自到谁那里去?什么幸运在等待着我们每一个特洛亚女人?

塔尔提比俄斯　我都知道,但请你一个一个地问,不要一下子打听全体的下落。

---

① 此处残缺两个缀音。
② 忒拜卫城名,借指玻俄提亚。

赫卡柏　请你告诉我,我那苦命的女儿卡珊德拉分配给谁了?

塔尔提比俄斯　阿伽门农王选中了她。

赫卡柏　哎呀,去给那拉刻得蒙①女人克吕泰墨斯特拉做奴隶。　　　　　　　　　　　　　　　　　　　250

塔尔提比俄斯　不是的,是阿伽门农偷偷地叫她做床上的新娘。

赫卡柏　怎么?她本是阿波罗的女郎,那金发鬈曲的神送了她一件礼物——一个纯洁的生命②。

塔尔提比俄斯　那疯狂的女子用热情射伤了那天神的心。　　　　　　　　　　　　　　　　　　　　255

赫卡柏　我的儿,快抛却那神圣的钥匙③,把那神圣的衣饰和花圈从你身上和头上取下来!

塔尔提比俄斯　她占据了国王的床榻,还不是一件光荣的事吗?

赫卡柏　你刚才从我怀里夺去的那孩儿怎样了?

塔尔提比俄斯　你是说波吕克塞娜呢,还是打听哪一位别的女子?　　　　　　　　　　　　　　　　261

赫卡柏　你们摇签,把她分配给谁了?

塔尔提比俄斯　派她去侍奉阿喀琉斯的坟墓去了。

赫卡柏　哎呀,我竟自生了一个看守坟墓的奴隶。朋友,这是什么希腊习惯,什么礼仪呢?　　　　　267

塔尔提比俄斯　你这女儿可算福气,一切吉祥!

---

① 拉刻得蒙,斯巴达别名。
② 指未破她的童贞。
③ 指特洛亚城阿波罗庙的钥匙,卡珊德拉是该庙女祭司。

赫卡柏　你这话是什么意思呢？她看不见阳光①了吧？

塔尔提比俄斯　有一种命运临到了她身上，使她解脱了苦痛。 270

赫卡柏　但是那披甲戴盔的赫克托耳的妻子，那可怜的安德洛玛刻怎样了，遭遇了什么样的命运？

塔尔提比俄斯　阿喀琉斯的儿子②得到了她这特别选出来的俘虏。

赫卡柏　至于我这奴隶，这得用拐杖来当第三只腿，支持这老弱的身体的人，又归了谁？

塔尔提比俄斯　伊塔刻的国王俄底修斯分得了你去做奴隶。 277

赫卡柏　唉，让我拍打这剪了发的头颅，用指甲抓毁这两旁的面颊吧！哎呀呀！我竟被这狡诈的、可恶的人分去做奴隶，这家伙是正义的仇敌、残暴的毒虫，他凭了那分叉的舌头颠倒黑白，③把一切先前的友善变作了冤仇。你们特洛亚妇女啊，快为我痛哭，因为我遭遇了这样的不幸，坠入了这不祥的命运中，我这可怜的人就算完了。 292

歌队长　啊，王后，你的命运倒是打听出来了，可是哪一个阿开俄斯人或希腊人掌管着我的命运呢？ 294

塔尔提比俄斯　（向众侍从）从人们，快去把卡珊德拉带

---

① "看不见阳光"即死亡。
② 指皮洛斯，这个名字意为"褐发少年"。他又叫涅俄普托勒摩斯，意即"新来的参战者"，因他在特洛亚战争最后一年才来参战。
③ 原意为："把那里的搬到这里来，又把这里的搬到那里去。"

到这里来,我要把她交到统帅①手里,再把其余的分配好了的俘虏引到别的将领那里去。

〔营帐里发现火光,塔尔提比俄斯向背景走去。

呀,那里面为什么燃起了火炬的光焰?那些特洛亚女人在做什么?是不是在放火烧营幕?是不是趁我们就要把她们从这地方带到阿耳戈斯去时,她们想要寻死,葬身在火窟里?真的,那酷爱自由的灵魂在这样的境遇中总是耐不了苦痛啊!开门,开门,怕的是便宜了她们,对我们阿开俄斯人不利,回头我自己还要受责备呢!

赫卡柏　不,那不是放火,乃是我的女儿,那疯狂的卡珊德拉向这里跑来。

〔卡珊德拉自景后上。

卡珊德拉　(抒情歌首节)把火炬举起来,带过来,把它交给我,好照耀这神殿,崇拜这神明②!看啊,看啊!这圣庙里燃起了火焰!

那新郎③有福,……④我也有福,我如今要嫁到阿耳戈斯的宫床上,婚姻呀,许门⑤。

母亲呀,你这样不住地流泪,这样哀悼那死去的父亲,哀悼这可爱的祖国;我却在我的婚礼中高举着这火光,这鲜明灿烂的火光,许门呀,快放出你的光

---

① 指阿伽门农。
② 指阿波罗。她想象自己在阿波罗庙内同执事人说话。
③ 指阿伽门农。
④ 此处残缺一行。
⑤ 许门,婚姻之神,一美少年,相传是阿波罗之子。

亮,这是为你高照的!赫卡忒呀,快放出你的光辉,好依照礼仪,护送这新娘出嫁!

(次节)轻飘飘地舞着这脚步,引导歌队前进,唷啊,唷哟!① 我的父亲幸福无边!

这歌舞是神圣的,阿波罗呀,快来领导!我在你神庙前的桂树②下虔诚献祭,婚姻呀,许门!

母亲呀,快来加入这歌舞,喜笑开颜!快跟随我的步法舞蹈,跳跃着你那快乐的脚步,转过来,转过去!来,你们来向许门唱一支幸福的、欢乐的送亲歌!你们这些穿着美丽的衣服的佛律癸亚女子啊,快为我的新婚歌唱吧,我命中注定要嫁给这夫婿!

歌队长　王后呀,还不快抓住那疯狂的女子?别让她迈着轻盈的脚步,走到了阿耳戈斯人的军中!

赫卡柏　赫淮斯托斯呀,人间有婚嫁,你才该举起火炬;但如今你竟自点燃了这忧郁的火光,这不是我最大的期望!

(向卡珊德拉)哎呀,我的儿,想不到你会在战争里,在阿耳戈斯人的矛尖下这样出嫁!快把火炬给我,你这样疯狂地举着它奔跑,未免太不雅观了!儿呀,你的厄运还不曾使你明白过来,老是这样疯疯癫癫的!

(向歌队)你们这些特洛亚妇女啊,快把那松脂火炬拿开,用眼泪来代替她的婚歌!

---

① 这本是酒神狂女的欢呼声。
② 桂树是阿波罗的圣树。传说由他所喜爱的一个女子变成。

卡珊德拉　母亲呀,快把胜利的荣冠戴在我头上,庆贺我嫁给一个国王,快把我送去;如果你看我不高兴去,你就使劲推!只要洛克西阿斯①在上,那希腊的国王,那闻名的阿伽门农娶了我,便会比娶了海伦还要懊恼!②我要去把他杀了,我要去破坏他的家庭,替我的父兄报仇雪恨。

360

这事情不多谈了,我也不提起那斧头,那砍杀我的和别人的脖子的斧头,不提起我这婚姻所引起的杀母的争斗,也不提起阿特柔斯的家室怎样衰败。

我现在要表明这城邦比阿开俄斯人幸福得多——虽然有神灵附体,我还能暂时止住这疯狂,他们为了一个女人,为了库普里斯③,为了追回海伦那女人,牺牲了多少性命!至于那聪明的统帅,也为了那最可恨的事情,失去了那最可爱的东西,他为了那女人的缘故,把家庭间父女的快乐为他的弟弟牺牲了,那女人原是她自己愿意,不是硬被拐走的。④

373

当大军来到斯卡曼德洛斯河岸时,他们相继死亡,可不是因为人家侵占了他们的边境,或毁坏了他们祖国的城楼。那些叫阿瑞斯拿获的人再也看不见他们的儿女了,也没有妻子们亲手给他们穿上衣裳:

~~~~~~~~~~

① 洛克西阿斯,阿波罗别名。此暗指阿波罗会因此而报复。
② 此指阿特柔斯家今后自相残杀的命运:阿伽门农被其妻克吕泰墨斯特拉所杀,其子俄瑞斯忒斯又杀母替父报仇。参阅埃斯库罗斯《阿伽门农》。
③ 库普里斯,爱神阿佛洛狄忒的别名,此喻"爱情"。
④ 此指出征特洛亚的希腊船队在奥利斯遇逆风,为向阿耳忒弥斯求顺风,阿伽门农杀其女伊菲革涅亚献祭之事。

就那样躺在外邦的土地上。他们家里也有同样的景象：妇人当了寡妇而死,父亲没有了儿子,白养了他们,没有谁会在他们的坟前把鲜血倾在地上①,这便是那远征军所应得的赞美！至于那些污秽的事情②,最好不用我来提起,我可不歌唱那种罪恶。 385

再说起我们特洛亚人。首先,我们是为祖国死难,这真是一件莫大的光荣！如果有人叫阿瑞斯拿获了,那些友伴便会把他们的尸首运回家来,让应尽丧礼的亲人替他们穿上衣裳,把他们埋进祖国的泥土里。至于那些还没有战死的佛律癸亚人,却终日同他们的妻子儿女在家团聚,阿开俄斯人可尝不到这样的快乐！

说起赫克托耳的悲惨的命运,你听听是怎么回事。你想想,他死了,去了,依然是最勇敢的英雄,这都是因为希腊人来攻打,才成全了他这英名;如果敌人住在家里,他的英勇便无从表现。帕里斯甚至娶了宙斯的女儿;要不然,他就会在家里结一段姻缘,有谁称赞？ 399

那些深思远虑的人自然会避免战争;但是,如果战争一旦来临,那尽忠殉国的英雄应戴上荣冠,那贪生怕死的人才该受耻辱。因此呀,母亲,请不要再为这城邦而悲痛,为我的婚姻而悲痛,我自会借这婚事,把你我的仇人害死。 405

歌队长 （向卡珊德拉）你多么痛快地取笑你家里的灾

---

① 一种祭奠死者的方式。
② 指克吕泰墨斯特拉通奸之事。

难,你虽然这样歌唱,但是,你也许不能证明你所歌唱的事情全都会实现。

塔尔提比俄斯 （向卡珊德拉）若不是阿波罗使你心神迷乱,你用这诅咒的预言,把我们的将帅们从这地方送走,便不能不遭受惩罚。

那尊贵的、闻名的聪明人并不比无聊的人好多少！那全希腊最伟大的国王,阿特柔斯宠爱的儿子竟爱上了这疯狂的女人！我虽然这样贫贱,也决不肯占有她的床榻。 416

（向卡珊德拉）既然你的理智不健全,你这番咒骂希腊人、称赞特洛亚人的话,我便让天风把它吹散。我们统帅的美丽的新娘,快跟着我上船去！

（向赫卡柏）至于你,等俄底修斯想把你带走时,也请跟着去；你去服侍一位贞洁的夫人①,那些来到伊利昂的人都是这样称赞她。 423

卡珊德拉 这奴才好不厉害！他这种人为什么叫"传令官"这名儿？原不过是一般人都憎恶的东西,原不过是国王与城邦豢养的奴才！

（向塔尔提比俄斯）你是不是说我母亲会去到俄底修斯家里？那么,阿波罗的神示竟会不灵验吗？那神示曾向我明白表示,说我母亲会死在这地方,详细的情形就不必提了②。 430

----

① 即俄底修斯之妻珀涅洛珀。
② 赫卡柏后来在过赫勒蓬托斯海峡时化成狗跳海淹死,或说她因诅咒希腊船只,被用石砸死后变成狗,她的埋葬地库诺塞玛意为"犬冢海角"。

那命运多舛的人①却还不知道有什么灾难在等候他,我自己和佛律癸亚人现在所受的苦难,到那时在他看来,简直是黄金!这十年战役后,还要过十年,他才能独自漂泊到家乡。……②

　　他要经过那狭隘的海峡③,那石隙里住着那凶恶的卡律布狄斯海怪④;遇见那遍山巡游的、吃生肉的圆目巨人⑤;遇见利吉里亚的能化人为猪的喀耳刻⑥;在那苦涩的海上打破船只;然后又逢着那爱吃洛托斯果实⑦的人;逢着赫利俄斯的圣牛⑧,那片片的牛肉会发出人声,叫俄底修斯听了多么惊心啊!让我简单地说完,他还要活着到冥府去⑨,等他逃过了那海上的波涛,才能够回到家里,看见满屋的灾难。⑩

　　可是我何必提起俄底修斯这些苦难呢?

　　(向塔尔提比俄斯)走吧,快把我带去嫁给那冥府里的新郎!

---

① 指俄底修斯。
② 此处残缺一段。
③ 指意大利南端和西西里之间的海峡。
④ 卡律布狄斯海怪,西西里岛上女妖,每日把海水吞吐三次。
⑤ 圆目巨人,西西里岛上放牧的独眼巨人库克洛普斯。
⑥ 喀耳刻,意大利西北利古里亚海中埃埃亚岛上的巫女。
⑦ 洛托斯果实,人吃后会忘记家乡。
⑧ 指太阳神赫利俄斯在特里那喀亚岛(即西西里)养的牛,它被俄底修斯的水手杀来吃了,使他们后来在海上遇雷雨。
⑨ 指俄底修斯到冥府拜访先知,打听今后命运。
⑩ 第435至443行预言俄底修斯归国途中在海上十年所遇种种,可能是伪作。

啊,希腊军中的统帅,你现在梦想你的威名赫赫,你这坏东西,到头来却很悲惨地让人在黑夜里把你掩埋,不是在白天。我自己也会变作一具赤裸的死尸,叫人抛在山沟里,叫冬天的水冲刷着;我这阿波罗的侍女竟躺在我新夫的坟旁,给野兽去分吃! 450

这表示预言的花圈啊,那最亲近的神给我的礼物啊,永别了!那先前我最喜爱的节日已废弃了。去吧,趁这身体还清白时,我要把它扯下来,交给那轻快的风送还你,哦,预言神!

(向塔尔提比俄斯)你们统帅的船在哪里?我得踱进哪一间舱里?你们不会再久等,等和风扬起船帆,就把我,把我这三位报仇神之一带出这地方。

永别了,母亲,不必再悲伤!永别了,亲爱的家乡!啊,地下的弟兄,生我的父亲,你们不久就要迎接我!等我破坏了阿伽门农的家——原是他害了我们,我就要胜利地前来,加入你们的鬼魂队里。 461

〔塔尔提比俄斯和众侍从引卡珊德拉自观众右方下,赫卡柏倒在场中。

歌队长　你们这些伺候年老的赫卡柏的人啊,不看你们的主母一声不响倒在地下?还不快扶起她来?啊,你们这些坏东西,竟让她老人家倒在那里么?快把她的肢体扶起来! 465

〔有的妇女前去扶持赫卡柏,被她拒绝了。

赫卡柏　孩儿们,我倒在这里,就让我躺下吧,这不受欢迎的殷勤不算殷勤。我的过去、现在和将来都这样苦,我该当这样躺着。

神啊！——我竟求救于那无能为力的神！可是每当我们遭遇到恶劣的命运时,我们向神求救,也有一点道理啊!

我首先要歌唱那过去的幸福,使这眼前的灾难显得分外凄惨:我本是一位公主①,许配了特洛亚的国王。我替他养育了许多英勇的男儿,不是凑数的东西,乃是佛律癸亚最高贵的人物。绝不会有一个特洛亚的、希腊的或非希腊的妇女能够骄傲地说,她生过这样的儿子们。②但是我亲眼看见他们一个个倒在希腊人的矛尖下,我曾把这白头发献在死者的坟前。

我也曾悲痛他们的父亲普里阿摩斯,亲眼看见他——不是听旁人说的,看见他被杀害在这宫前的祭坛下,看见这都城陷落了。

我还养育了一些女儿——总想为她们挑选高贵的夫婿,哪知竟被人从我手里夺去了,我真是替仇人养育了她们。从今后我难望再见她们,她们也别想探望我。

最后,我要提起这灾难的顶峰:我这老妇人也要到希腊去做奴隶,他们会叫我去做那对年高的人最不相宜的苦差事:叫赫克托耳的母亲带着钥匙去看守大门,或是去做面包、睡地铺——这枯瘦的背先前睡的乃是宫床啊,他们更会把破衣衫披在这衰老的

---

① 赫卡柏是佛律癸亚国王底马斯的女儿,一说是特剌刻国王喀修斯的女儿。
② 这一句(自"绝不会"起)可能是伪作。

身上,那卑贱的服装真不合这富贵的身份!哎呀,我现在和将来所受的灾难都是为了一个女人的私情。　499

卡珊德拉,我的孩儿,你曾和众神一道参加过酒神的歌舞,竟自在这样的灾难中丧失你的童贞!还有你,苦命的波吕克塞娜,你到哪里去了?虽是我养了这许多儿女,却没有一个来扶助这可怜的母亲。

(向歌队)你们为什么要扶起我来?我还有什么希望呢?快把我带走吧——我从前在特洛亚步步轻移,如今却变作了一个老奴隶,快把我带到那草地上,带到那崖顶上,等我哭得衰弱极了的时候,让我滚下去,死在那里吧。当一个有福的人还没有死的时候,切不要说他是幸福的。　510

四　第一合唱歌

歌　队　（首节）缪斯①呀，请为我唱一支新歌，一支丧歌，流着泪来哀悼伊利昂。我也为特洛亚扬起了歌声，请听阿耳戈斯人的四蹄车②怎样陷害了我，使我变作了一个可怜的俘虏。他们曾把那匹马遗弃在城门口，它头上戴着金缰，那胸中暗藏的兵器却响彻云霄！当时就有特洛亚人站在那岩石上大声喊叫："快来呀，我们的辛苦结束了，快把这神圣的木像带去献给宙斯亲生的女儿，伊利昂的女神！"于是老老少少全都从家里跑了出来，欢乐地歌唱，接受了那诡诈的祸害。

530

（次节）所有的佛律癸亚人都跑到城门口，要把那用山上的松树做成的光滑的马——那本是阿耳戈斯人的埋伏，达耳达尼亚③的灾难——献给那从没有出嫁的女神④。我们用绞织的巨绳系住马身，把它当一只大黑船拖到雅典娜的庙地上，那地面的石

---

① 缪斯，女诗神，在后来的传说里她化作九位文艺女神。
② 指木马。木马四蹄下装有轮子。
③ 达耳达尼亚，特洛亚的古称，由国王达耳达诺斯而得名。
④ 指雅典娜。

块正想要吸饮我们祖国的血呢。于是黑夜前来笼罩着我们的辛苦与快乐:利彼亚的罗托斯笛伴着佛律癸亚的歌声,①成群的少女踏着轻飘的脚步,唱着快乐的歌词;到后来,家家门内那熊熊的火炬……只给安眠人一点幽暗的余光。 550

(末节)那时节,我也曾绕着闺房舞蹈,歌颂宙斯的女儿,那山上的女神②。忽然间,凶杀的呼声充满了城内的屋宇;那可爱的婴儿也用战栗的小手抓住了母亲的袍子。这时候,阿瑞斯已从埋伏里跳出来,那是雅典娜女神的诡计。许多佛律癸亚人在祭坛前被杀了,少年人一个个在床上被斩了,那养育英雄的希腊城邦戴上了荣冠,佛律癸亚人的祖国戴上的却只是悲哀。 567

---

① 此行残缺两个缀音。
② 指阿耳忒弥斯。

五　第二场

〔安德洛玛刻乘车自观众右方进场，阿斯提阿那克斯坐在她的身旁，车上满堆着希腊人的战利品。

歌队长　赫卡柏，请看安德洛玛刻坐在客人的车上来了！她正在捶着胸脯，身旁①还跟着一个可爱的孩儿，那是赫克托耳的儿子阿斯提阿那克斯。

苦命的女人呀，你乘车到哪里去？你身旁还堆着许多东西，那是赫克托耳的铜甲，佛律癸亚人的被掠夺的兵器，竟叫阿喀琉斯的儿子从特洛亚运回家去装饰佛提亚②的庙堂！

安德洛玛刻　（抒情歌第一曲首节）我的希腊主人正要把我带走！

赫卡柏　唉！

安德洛玛刻　你为什么也悲叹起来？只有我才该这样悲叹。

赫卡柏　哎呀！

安德洛玛刻　是不是为了我的痛苦？

---

① 或解作"在她的抖动的乳房前"。
② 佛提亚，在希腊北部忒萨利亚境内，阿喀琉斯之国。

赫卡柏　宙斯呀!

安德洛玛刻　是不是为了我的灾难?

赫卡柏　我的孩儿呀!

安德洛玛刻　他先前倒是你的孩儿!

赫卡柏　(第一曲次节)我们的幸福完了,特洛亚也完了!

安德洛玛刻　多么不幸啊!

赫卡柏　我的高贵的孩儿们死光了!

安德洛玛刻　唉!唉!

赫卡柏　呀!我的——

安德洛玛刻　哎呀!

赫卡柏　我的命太苦了!

安德洛玛刻　我的都城——

赫卡柏　化作了云烟!

安德洛玛刻　(第二曲首节)快来到我这里,我的丈夫!

赫卡柏　不幸的人呀,你在呼唤我的孩儿吗?他到哈得斯那里去了。

安德洛玛刻　快来保护你的妻子!

赫卡柏　(第二曲次节)我的儿,普里阿摩斯的长子——你原是阿开俄斯人的祸害,快把我带到冥府里去!

安德洛玛刻　(第三曲首节)这追念的心情这样强烈,我们所受的痛苦这样沉重!我们的都城毁灭了,苦上加苦,这都是因为神明在发怒!你那儿子①逃避了

---

① "儿子"指帕里斯。赫卡柏怀着这孩子时,曾梦见她生下了一支火炬,那火炬竟烧毁了特洛亚,所以这孩子一生下来,就被他的父母抛弃在荒山上,要把他害死,幸被一个牧人救了。他成人后,又被他父亲收回。

99

死亡,他那可恨的婚姻害得这都城陷落了!那许多血染的尸首躺在雅典娜的庙地上让兀鹰啄食,特洛亚从此带上了奴隶的衡轭!　　　　　　　　　595

赫卡柏　(第三曲次节)不幸的祖国呀,我痛哭你变成一片荒凉!你如今亲眼看见这愁惨的末日,看见我生儿育女的家化作了灰尘!① 我的孩儿,你们的母亲失去了城邦,又失去了你们!……② 我的悲哀这样深,我的灾难这样重,为这邦家我泪流不尽;那些死去的人倒忘却了苦痛,没有眼泪了。③(抒情歌完)　603

歌队长　那些受苦的人的眼泪是甜蜜的,那悲哀的歌声、那忧郁的音乐也是甜蜜的。

安德洛玛刻　我的丈夫赫克托耳的母亲啊——你那儿子曾用戈矛刺杀过多少阿耳戈斯人,你看见这景象没有?

赫卡柏　我看见众神的捉弄,他们把那些无聊的人捧上天去,又把那些高傲的人推到地下。

安德洛玛刻　我和这孩子变成了战利品,叫人运走,我们由高贵的身份降到奴隶的地位,这变迁真不小啊!

赫卡柏　命运太严厉了!卡珊德拉刚从我的身边被人强行拖走了。　　　　　　　　　　　　　　　　　613

安德洛玛刻　哎呀,好像你的女儿又遇见了一个埃阿斯。你还有别的灾难呢!

赫卡柏　我的灾难没有定量,也没有确数,一个个争先恐

---

① "化作了灰尘"是补充的。
② 此处残缺六个缀音。
③ 或作:"那些死去的人虽没有眼泪了,却也忘不了那些痛苦。"

后地到来。

安德洛玛刻　你的女儿波吕克塞娜已经死了，叫人杀献在阿喀琉斯的坟前，变成了那死人的祭品。

赫卡柏　我真不幸呀！塔尔提比俄斯刚才向我吞吞吐吐，那谜语如今倒是明白了。

安德洛玛刻　我亲眼看见她，我捶着胸脯跳下车，用我的袍子盖上了她的尸首。

赫卡柏　唉！我的孩儿！这是一件多么不敬的杀献！我再叫一声唉！你死得多么悲惨！

安德洛玛刻　她的确死得那样悲惨，然而比我这样活着还好得多。

赫卡柏　我的孩儿，生和死不是一回事，活着倒还有希望，死了却万事皆空。

安德洛玛刻　母亲呀，波吕克塞娜的母亲呀，请听我的最美丽的言辞，你听了，心里也好宽慰一些。我认为人不诞生同死是一回事，活着受罪倒不如死了好。人一死就解脱了痛苦，感不到悲哀；但是呀，享过福又落难，思念过去的幸福更使我伤心！

你的女儿死了，就当她从来不曾看见阳光，她从此再也不能理会她所受的苦难了。我自己却沽名钓誉，虽然攀得很高，可是呀，我何曾达到那圆满的幸福？凡是一个妇人所应有的贤淑的德行，我在赫克托耳家里都全然无缺：首先，不管一个女人有没有什么别的缺点，倘若她老在外面走动，那就会损伤她的名誉；因此我抑制着那种欲望，长久待在家里，不让女人家的花言巧语进我的门。我天生有一颗健全的心来引导我,使我自知满足。我用缄默的口舌和安详的眼光来对待我的丈夫;我知道什么事情他应该受我管束,什么事情我应该顺从他。

我这点好名声传到希腊军中竟把我害了:当我被擒时,阿喀琉斯的儿子竟因此叫我做妾,我得到那杀害我丈夫的凶手的家里去做奴隶。倘若我撇开了赫克托耳的可爱的形影,敞开了我的心去接待这新的丈夫,那怎么对得住死者呢?但是,如果我憎恶这新人,又要遭受主子的仇恨。俗话虽说一个女人对丈夫的床榻的憎恶一夜间便会全然消散;但是我总瞧不起那抛弃了前夫又在新床上爱上了别的汉子的女人。就是一匹马,倘若失去了同伴,也不肯再拖着轭走,虽然那畜生本来远不如人,既不能言语,又没有智慧可以运用。

亲爱的赫克托耳,论门第,论才智,你是我最得意的丈夫,你家资富有,为人又英勇。当你从我父亲家里把我迎接过来,配成亲眷时,我正是一个白璧无瑕的女儿。你如今死了,我也当了俘虏,正要叫人运过海,到希腊去做奴隶。

(向赫卡柏)你刚才悲痛的波吕克塞娜所受的祸害,是不是比我所受的灾难轻得多?我如今连人人都有的希望也没有了,又不能欺骗我自己的心,认为将来总会好,虽然那样想想倒也甜蜜。

歌队长　你也遭遇了这同样的灾难,你这样忧伤,使我想起了我自己的悲哀。

赫卡柏　我虽然没有坐过船,倒也曾在图画里见过,听人讲过，因此我知道：每当水手们遇着不太大的风浪，他们为了逃生，大家努力，这人掌舵，那人收帆，还有的去戽船肚里的水。但是，如果那汹涌的海浪来得太猛，把他们淹没了，他们就投降命运，任凭波浪翻腾。我自己也是这样：我忍受了这许多苦难，嘴里却一声不吭，因为众神降下的灾难的波涛已把我克服了。

（向安德洛玛刻）啊，亲爱的女儿，不要再理会赫克托耳的命运，你的眼泪再也救不了他。你姑且奉承这新的主子，用你的丰姿去诱惑他，你若是这样做，你的亲人反而会高兴呢，那么，你也好把我的孙儿抚养成人，他将是特洛亚最大的救星；他还会养育一些孩子，他们日后共图恢复，我们的城邦才好中兴！

但是呀，一个个坏消息跟着前来，我看见那阿开俄斯的奴才又来了，他是谁，来宣布什么新的命令？

〔塔尔提比俄斯偕众侍从自观众右方上。

塔尔提比俄斯　佛律癸亚以前最伟大的英雄赫克托耳的妻子啊，请不要怨恨我，我多么不乐意来宣布达那俄斯人①和珀洛普斯的儿孙的共同的命令。

安德洛玛刻　怎么回事？你开口的话就不吉祥。

塔尔提比俄斯　他们决定了，要把你这孩子——我怎么样说呢？

安德洛玛刻　他不是和我到同一个主子那里去吗？

---

①　泛指希腊人。

塔尔提比俄斯　没有一个阿开俄斯人是他的主子。 710

安德洛玛刻　是不是把他留在这地方,当作佛律癸亚的遗民?

塔尔提比俄斯　我不知怎样把这苦痛的消息轻易就说出来。

安德洛玛刻　如果你没有什么好消息见告,我倒赞美你这样吞吞吐吐。

塔尔提比俄斯　他们要把你的儿子弄死——既然你要听这很坏的消息。

安德洛玛刻　啊,我听见了,这比我出嫁的事还要坏啊!

塔尔提比俄斯　俄底修斯在希腊人的大会上这样提议,竟自就说服了他们。

安德洛玛刻　哎呀呀,这痛苦真难忍受!

塔尔提比俄斯　他说,绝不可把那样英勇的父亲所生的儿子养育成人!

安德洛玛刻　但愿他这提议落到他自己的儿子们身上! 719

塔尔提比俄斯　他们要把他从特洛亚的城楼上扔下去。这事情就随它去吧,你这样做,倒也聪明得多,切不要拖住他,你得像一个高贵的人那样忍受这灾难。再也不要认为你很顽强,你如今一点力量都没有了,也得不到什么帮助。你得想想:你的都城毁了,你的丈夫死了,你自己也失去了自由;我们很有力量对付你一个女人:因此我不愿看见你反抗,别做什么丢丑的事令人憎恶,我也不愿听见你咒骂阿开俄斯人。如果你说些什么话激怒了我们的将士,你这儿子便

不得安葬①,取不到半点同情!你最好默默地忍受这命运,不至于使他的尸首不得掩埋,阿开俄斯人对待你也就会宽厚得多。 734

安德洛玛刻　我最心疼的乖乖,最宝贵的孩儿,你得离开这可怜的母亲,死在敌人手里。你父亲的英勇竟害了你,那美德虽然拯救了多少旁人,但临到你头上时却不凑巧。

那不吉的新床,不祥的婚礼啊,你曾把我带到赫克托耳家里,不是要我生一个儿子来让希腊人屠杀,而是要我为这丰饶的亚细亚生一个国王。②儿呀,你在哭吗?你也明白你的灾难吗?为什么用手拖住我,为什么抓住我的袍子,像一个雏儿躲到我的翅膀底下?赫克托耳再也不会从地下起来,举着那闻名的戈矛来保护你。你族里的亲人和特洛亚的力量再也救不了你;你会从那城墙高处倒坠下来,那凄惨的跌落会打断你的呼吸,可没有人怜恤你! 751

啊,你曾是我怀中的小宝贝,母亲最疼爱的婴儿,你的肌肤曾放出一阵阵的乳香,只可惜我白白地包裹你,白白地哺养你,白受苦,白费力。这时候,快拥抱我,拥抱你的母亲,用你的手搂住我的脖子,同我亲吻,这是最后一次了。 758

你们希腊人啊,你们曾发现残忍的行为不合希腊精神,为什么又要杀死我这无辜的孩儿呢?廷达

---

① 古希腊人重视埋葬,因为他们相信,死者若未埋葬,鬼魂便会在冥河边上漂泊,无法进入冥府。

② 这两行(由"不是"起)大概是伪作。此处所说的亚细亚指小亚细亚。

105

瑞俄斯的女儿①呀，你哪里是宙斯所生？你的父亲可多得很，第一个是冤仇，第二个是嫉妒，还有残杀、死亡和大地所生的祸害也都是你的父亲。我敢说，你绝不会是宙斯所生，你原是这许多希腊人和非希腊人②的祸害。你真该死，你那太漂亮的眼睛，竟自就这样可恶地毁灭了特洛亚的闻名的郊原！ 768

（向塔尔提比俄斯）快把他领去，把他带走，你们想摔就摔死他！还可以把他的肉弄来吃了！神明这样害了我，我没有力量使这孩子免于死亡。

〔安德洛玛刻晕过去，又苏醒过来。

快把我这可怜的身子藏起来，快把我扔进船舱里！我才丧失了我的孩儿，又要去举行那美丽的婚礼。 774

歌队长　不幸的特洛亚，你为了一个女人，为了一门可恨的婚姻丧失了多少英雄！

〔塔尔提比俄斯走到安德洛玛刻身旁，把孩子拉起来。

塔尔提比俄斯　起来，孩子，快离开你这愁苦的母亲的亲热的怀抱，登到你的祖国的城楼的高垛上，依照决议，在那上面停止你最后的呼吸。

（向众侍从）把他捉住！但愿一个心硬的人，一个比我更无情的人来宣布这样的命令。 784

赫卡柏　我的孩子呀，我那受苦的儿子的儿子呀，我同你

---

① 指海伦。
② 特指特洛亚人。

母亲多么冤枉地失去了你！我将来怎么样呢？可怜的孩子呀，我怎么办呢？我只能为你捶捶头、拍拍胸脯！我只能这样做。我为这都城痛哭，又为你伤心！我们还缺少什么痛苦，缺少什么灾难，好使我们加速坠入那毁灭的深渊？ 793

〔众侍从引阿斯提阿那克斯自观众右方下，塔尔提比俄斯随下，安德洛玛刻乘车自观众右方退场。

六　第二合唱歌

歌　队　（第一曲首节）萨拉弥斯的国王忒拉蒙①啊——你住在那绿波环绕的海岛上,那里有蜜蜂终日营营,那岛前还立着一座神圣的山城,雅典娜首先在那里献出那浅绿色的橄榄枝,那是上天赐给那富有橄榄油的雅典城的荣冠②。你先前同那弓手,同阿尔克墨涅的儿子③前来比武,把我们的都城伊利昂完全毁灭了。……④

806

　　（第一曲次节）那英雄因为良马⑤未曾到手,心里很是懊恼,他首先统率着希腊的青年之花,把渡海的桨停在那清澈的西摩厄斯河⑥上,把船尾的绳子

---

① 萨拉弥斯是雅典东南一岛,国王忒拉蒙曾同赫剌克勒斯一起攻打过特洛亚。
② 雅典娜同波塞冬争做雅典的保护神,雅典娜献出橄榄枝,波塞冬献出战马,雅典人接受橄榄枝,奉雅典娜为保护神。
③ 指赫剌克勒斯,他是宙斯假扮阿尔克墨涅的丈夫安菲特律翁同她共床后所生。
④ 此处残缺五个缀音。
⑤ 指宙斯送给特洛亚国王拉俄墨冬的两匹马。赫剌克勒斯救了拉俄墨冬的女儿,拉俄墨冬答应把两匹马赠给他后又食言,他就同忒拉蒙一起来攻打特洛亚。
⑥ 西摩厄斯河,在特洛亚郊外。

系在那岸旁。于是他从船里取出那百发百中的箭拿在手里,要拉俄墨冬的命;他更放出那熊熊的火焰,把阿波罗用红土线营造的城墙烧毁了,特洛亚的土地就这样随他破坏;那杀人的戈矛曾两次毁灭过达耳达尼亚的城楼。 819

(第二曲首节)啊,拉俄墨冬的儿子①,你曾举着那金樽步步轻移,把酒斟进宙斯的杯中,那真是一种最光荣的职务,可全是白费了。如今啊,你的祖国正冒着火焰,这海岸前正放着悲声;有一些妇女在这里呼唤她们的丈夫,有一些在呼唤她们的年老的母亲,还有一些在呼唤她们的儿女,像飞鸟在悲唤雏儿。你先前的新鲜水的浴池和运动的竞走场已叫人毁坏了!你如今依然在宙斯的宝座前显露着你的颜面,那样雍容,那样鲜妍;普里阿摩斯的国土却丧失在希腊的矛尖下! 838

(第二曲次节)厄洛斯呀厄洛斯,你曾来到特洛亚的宫中,惹动了天上女神②的心,当你叫这都城与晨光缔结婚姻时,你把它捧得多么高!我倒不抱怨宙斯,可是那白羽的晨光,这人间喜爱的晨光,也眼睁睁看见这城邦失陷了,看见这望楼坍塌了,虽然她曾经从特洛亚取得一位生儿育女的夫婿藏在她的闺

---

① 指伽倪墨得斯,宙斯化作鹰,把他带上天,给宙斯斟酒,宙斯因此送拉俄墨冬两匹马作为补偿。但神话中说,伽倪墨得斯是特洛斯的儿子,是拉俄墨冬的叔父。
② 指晨光女神厄俄斯,她来到拉俄墨冬家,把他的儿子提托诺斯带走做她的丈夫。

房里,她那次把他放进那金色的星车里,驾着四匹马腾入天空,他应是他祖国最大的希望;但如今那女神对特洛亚的恩情已完全消失了!

859

七　第　三　场

〔墨涅拉俄斯偕众兵士自观众右方上。

墨涅拉俄斯　今天的太阳的光亮啊,就在今天我要捉住我的妻子海伦,我是墨涅拉俄斯,我曾受过许多苦,还有许多希腊将士也曾和我一同受苦。我倒不像一般人所想象的那样,为了那女人来到特洛亚,我乃是来找那欺骗东道主的客人①的,他竟自从我家里把我的妻子拐走了。好在天报应,他已遭受了惩罚,他和他的祖国已倒在希腊的矛尖下了。我前来领取那斯巴达女人,她先前本是我的妻子,我如今却不愿意那样称呼她了;她现在也算是一个俘虏,同那些特洛亚妇女住在那营帐里。因为那些好不容易用武力将她夺了回来的人们把她交给我了,叫我把她杀死,如果我不想杀,就把她带回阿耳戈斯去。我倒想使她不死在特洛亚,用渡海的桨摇着她回到希腊,到了那里再把她杀了,替那些在特洛亚阵亡的将士的家属报复冤仇。

　　侍从们,快进帐去,抓着她那血污的头发,把她

---

①　指帕里斯,他曾赴斯巴达墨涅拉俄斯宫中做客并拐走海伦。

拖出来。等顺风吹来时,我们就把她运回希腊。

〔兵士进帐。

赫卡柏　宙斯呀,你支撑着大地,你的宝座又是在地面上,你到底是什么,我很难猜测;但是,不论你是自然界的神律或人间的理智,我都崇拜你,因为你循着那无声的轨道,把世间万事引到正义上面去。①

墨涅拉俄斯　怎么呀? 你求神求得太奇怪了!

赫卡柏　我赞美你,墨涅拉俄斯,只要你杀了你的妻子。切不可接见她,免得她用情爱勾引你。她迷②过多少男人的眼睛,倾过多少城邦多少家:这便是她的魅力! 我和你很知道她,那些受过害的人也都知道她。

〔兵士自帐内引海伦上。

海　伦　墨涅拉俄斯,一开头倒吓了我一跳:你的仆人竟敢动手用武,把我从帐里拖了出来! 我明知道你憎恨我,却还想向你打听:关于我的性命,你和希腊人是怎样决定的?

墨涅拉俄斯　你这事情还没有确定,全军的将士把你交给我这受过你的害的人来杀掉。

海　伦　你可以让我对这事有所辩白吗? 我果真就这样死了,未免不公平。

墨涅拉俄斯　我不是来辩论的,是来杀你的。

赫卡柏　墨涅拉俄斯,听她说,别让她无言就死了。还请你让我反驳她,因为你还不知道她在特洛亚造下的

---

① 这是作者借赫卡柏之口鼓吹当时的怀疑派哲学。
② 希腊文"迷"字同"海伦"字音相似。

罪恶。等我把那些话总结起来,她更是死有余辜,绝没有逃生的希望。

墨涅拉俄斯　这恩惠可耽误时间,但是,如果她真想说什么,就让她说吧。她可得知道,我是听了你这番话才给她这机会的,我对她本人却没有什么客气。

海　伦　（向墨涅拉俄斯）你既然把我当仇人看待,不论我说的是真是假,也许你全不肯回答。

（向赫卡柏）我且把我认为你同我争辩时所要控告我的话说出来,那我好反驳你,把我的控词拿出来对付你的控词。

（向墨涅拉俄斯）首先,她生下了帕里斯,生下了这痛苦的泉源,于是特洛亚同我就遭了殃,这都是因为那老头子①不曾把那叫作阿勒克珊德洛斯②的婴儿弄死,那孩子便是那火炬的可恨的化身。请听这故事的其余部分是怎样发展的:他后来当了那三位女神的评判员;雅典娜让他统率特洛亚的人马去征服希腊;赫拉答应帕里斯,给他亚细亚和欧罗巴的统治权,只要他评她中选;阿佛洛狄忒却很称赞我生得美,答应把我送给他,只要她的容貌被认为在那两位女神之上。你再看这故事是怎样接下去的:阿佛洛狄忒居然胜过了那两位女神,因此你们不曾由于抗战而失败,或由于不战而降,受到外国人的统治,所以我那次结婚对希腊反而有利。希腊人倒是好

---

① 指普里阿摩斯。
② 帕里斯的别名。

了,我却为了这点美貌叫人出卖了,害得我不浅;我
本应该戴上一顶荣冠,却反而受人辱骂!

你会说我还没有提起那明显的事实,那就是我
为什么从你家里偷偷地逃跑。那家伙带着一个很有
力量的女神①去到斯巴达,他就是这老婆婆所生的
恶魔,任凭你叫他帕里斯,或阿勒克珊德洛斯。你这
坏东西竟把他留在家里,你自己却离开了斯巴达,扬
帆到克里特岛上去②。唉,我倒不问你,只是反过来
问我自己:我在想什么心事,竟自就抛弃了我的祖
国,我的家庭,跟着那客人离家远行?快惩罚那女
神!你要比宙斯强大才行,他在众神里面最强不过,
尚且做了她的奴隶③,所以你得原谅我。

也许你还有一句很漂亮的话要责备我,那就是
当帕里斯被人射死④,去到地下时,并没有神叫我再
嫁,那时候我就该离开他的家,逃到阿耳戈斯船上。
这办法我并不是没有试过,那城门口的卫队和城墙
上的哨兵便是我的证人:他们时常发现我从那城垛
上攀着绳子偷偷地爬下来。可是得伊福玻斯⑤,我
那新的丈夫,不顾佛律癸亚人反对,把我强行抢了去
做他的妻子。啊,我的丈夫,那是他逼着我嫁的,我

---

① 指爱神阿佛洛狄忒。
② 墨涅拉俄斯到克里特岛给他的外祖父送葬,海伦指责他故意在这时离开,好让帕里斯拐走她。
③ 指阿佛洛狄忒常让宙斯下凡去引诱妇女。
④ 帕里斯被菲罗克忒忒斯用箭射伤,因他的前妻俄诺涅拒绝给他医治而死。
⑤ 得伊福玻斯,普里阿摩斯和赫卡柏的儿子。他后来被墨涅拉俄斯杀死。

在他家里辛苦地做奴隶,并不是胜利的奖品①;你这样把我杀了,怎么公平?

如果你想胜过众神,你这愿望就未免太愚蠢了。 965

歌队长　啊,王后,快为你的儿孙、为你的祖国辩护,快反驳她满口的油腔滑调,她的行为很坏,嘴里倒说得好听:这真是可怕啊!

赫卡柏　首先,我要为女神们效力,要表明她所说的话全然没道理。

（向海伦）我决不相信赫拉和处女神雅典娜会那么愚蠢,跑到伊达山上来开玩笑,赛什么美②。赫拉决不会把阿耳戈斯出卖给外国人③,雅典娜也决不会让雅典城屈服在佛律癸亚人脚下。赫拉怎么会那么想获得那赛美的奖品呢?难道她还想找一个比宙斯更强大的丈夫吗?雅典娜既然逃避婚姻——她曾祈求她父亲让她永葆童贞,难道那时候她却想嫁给哪一位神?你可不要乱说女神们太愚蠢,希图遮饰你自己的罪过,你骗不过那些聪明的人! 982

你还说阿佛洛狄忒跟着我的儿子去到了墨涅拉俄斯家里,那真是个大笑话!难道她安安静静住在天上,就不能把你和阿密克莱④一起带到伊利昂来吗?

---

① 又说普里阿摩斯把海伦当作奖品赠给得伊福玻斯。
② 赫拉、雅典娜和阿佛洛狄忒在伊达山争金苹果,请帕里斯当裁判。这里说是三女神"赛美",与荷马所说不同。
③ 阿耳戈斯人最崇拜赫拉。
④ 阿密克莱,距斯巴达不远,海伦出生地。

那只是我的儿子生得太漂亮了,你一看见他,心里便产生了一个爱神;人心里的一切妄想都成了"阿佛洛狄忒",这女神的名字也活该由"愚蠢"这字来开头儿①。 990

你看见他穿上这外国衣服,金光闪耀,你的心就迷乱了!你住在阿耳戈斯,穷苦难堪,很想离开那里,来到这遍地黄金的佛律癸亚,任凭你挥霍;墨涅拉俄斯的家可不能供你过度的奢华! 997

你还说我的儿子把你强行抢来,哪一个斯巴达人见过这事?你喊过救命没有?那时候卡斯托耳正年轻,他的弟兄也还没有升到群星里②。 1001

你来到了特洛亚,阿耳戈斯人就追踪而来,那杀人的戈矛就开始竞争。如果有人告诉你,墨涅拉俄斯占了上风,你就赞美他,好激怒我的儿子,他在恋爱上竟遇着一个这样大的情敌;但是,如果特洛亚人走了运,那家伙就不值半文钱!你的眼睛只看得见幸运,你只想追随她,不想追随美德。 1009

你说你时常攀着绳子偷偷地爬下那城楼,好像你并不想住在这里?可是谁见过你用活套来上吊,或用剑来自杀,像一个忠贞的妇人思念她的先夫时那样? 1014

我曾忠告你多少次:"我的女儿,快去到希腊舟

---

① "阿佛洛狄忒"和希腊文"愚蠢"一词的前半音相同。
② 卡斯托耳是斯巴达国王廷达瑞俄斯和王后勒达所生的儿子,他的妹妹是克吕泰墨斯特拉。他的弟兄叫波吕丢克斯,是勒达和宙斯所生,同海伦是亲兄妹。传说之一是,宙斯把他们兄弟二人升入群星之中。

中,我自然会护送你偷跑,那么,我的儿子就可以另娶,希腊人和我们的战争也就可以停止。"这话在你听来多么刺耳啊!你依然在阿勒克珊德洛斯家里显得很骄奢,让外国人拜跪在你脚前,你才心满意足。你如今还这样打扮走出来,和你丈夫一样,望望这蓝天,好可恶的东西!这时候你应该披上破衣烂衫,削了头发;你应该吓得发抖,垂头丧气地走出来;为了你过去的罪过,你应该知道羞怯,别再这样厚颜无耻! 1028

墨涅拉俄斯,你知道我怎样结束我的话:快把这女人杀了,杀得好,这样你就给希腊戴上了一顶荣冠;你还得为其余的女人制定这一条法令:"凡背弃丈夫者概处死刑。" 1032

歌队长　墨涅拉俄斯,你得惩罚你的妻子,才无愧于你的先人和你的家!快洗刷希腊人对你的责骂,他们说你像个女人!你对你的仇人也应该显得很刚强才对!

墨涅拉俄斯　(向赫卡柏)你这话我完全同意:她原是自动离开我的家,到客人床上去的;她为了夸口,居然提起了阿佛洛狄忒。

（向海伦）滚出去,让人用石头砸死,你那样一死,便可以立刻赔偿阿开俄斯人所受的苦难,你也该知道,再不可污辱我了。 1041

〔海伦跪在地下,抱住墨涅拉俄斯的膝头。

海　伦　我凭你的膝头求你,不要把众神的过错归到我身上,请你赦免我,不要杀我!

赫卡柏　她害死了你多少战友,你可不要出卖他们!为了那些死者和他们的儿女,我这样向你祈求。

墨涅拉俄斯　别说了,老人家!我决不理会她的恳求。我要命令我的侍从们把她送到那船尾上,运回希腊去。

赫卡柏　可别让她和你同坐一条船。

墨涅拉俄斯　为什么呢?她比先前重了一些吗?

赫卡柏　那不永远爱人的不算爱人!①

墨涅拉俄斯　那要看被爱的人怎么样。但是,我还是顺从你的意思:不让她同坐一条船,你的话也有道理。等她到了希腊,我就叫她惨死,她既然那样坏,也就活该;也好叫所有的女人保持贞操。这自然不是一件容易事,但是,她这一死,倒可以把那些妇人的愚蠢的心思变成恐惧,不论她们多么可恨。

〔墨涅拉俄斯和众兵士押着海伦自观众右方下。

---

① 暗指墨涅拉俄斯还爱着海伦。

八　第三合唱歌

歌　队　（第一曲首节）啊,宙斯,你就这样把伊利昂的神殿和那焚献牺牲的祭坛断送给阿开俄斯人了吗?还有那燃烧的蜜糕的火焰,那天空缭绕的没药的青烟,还有那神圣的城墙,那藤萝缠绕的伊达山——山谷里的融雪成河,山峰上的阳光闪耀,那地角的圣地首先映着灿烂的朝阳:①这一切都被你断送了吗? 1070

（第一曲次节）你的牺牲再也无人奉献,那歌队的欢呼早已消沉,那敬神的通宵夜宴,雕金的神像和我们佛律癸亚人举行的十二个神圣的月圆节②,便从此没有了。你这高坐在天上、高坐在空中的主啊,我正在焦心,正在焦心,你到底注意到没有,我们的都城叫人毁灭了,叫那猛烈的火焰烧毁了! 1080

（第二曲首节）亲爱的丈夫,你死后无人埋葬,无人洗涤,让鬼魂在外飘游;那渡海的船只却要扬帆载我到那产名马的阿耳戈斯去,那里有库克洛普斯

---

① 传说伊达山峰每天首先接受阳光,再把阳光合成一个圆球送到其他地方去,故而此山被认为是圆饼状的大地的边缘。
② 月圆节,崇拜阿波罗的节日。

建造的巨石的城墙①高耸入云。这许多孩子在门前拖着他们母亲们哭唤,他们嚷道:"哎呀,母亲,阿开俄斯人要把我单独载走,不让你看见我,他们要把我带到那黑船上去,摇着渡海的桨,送我到那神圣的萨拉弥斯岛上,或伊斯特摩斯地峡旁的山②上——那上面可以遥望双海,那是珀洛普斯的家③的门户。" 1099

(第二曲次节)但愿,当墨涅拉俄斯的帆船航到海心时,宙斯会把爱琴海上的神圣的电火,双手掷到那舟中,因为我流着泪离开伊利昂,叫人带到希腊去做奴隶,宙斯的女儿海伦会在那里照照那黄金的镜子④——那是闺女们最喜爱的宝贝。就算他捉住了这女人,但愿他回不到斯巴达,回不到他祖先的家,进不了庇塔涅⑤的街道,入不了雅典娜的铜门;他这不幸的婚姻给全希腊遗下了莫大的耻辱,给西摩厄斯河留下了不幸的灾难。 1117

---

① 这座城叫提任斯,在阿耳戈斯城附近。
② 指科任托斯城中小山。
③ 指伯罗奔尼撒半岛。"伯罗奔尼撒"是旧译名,本应译作"珀洛蓬涅索斯",意即"珀洛普斯的岛"。珀洛普斯是该半岛西部地区的国王。
④ 指墨涅拉俄斯不会杀海伦。
⑤ 庇塔涅,斯巴达五个城区之一,有雅典娜铜庙。

九 退 场

歌队长　哎呀呀,这灾难还是新的,新的灾难又来更替,降临到我们的土地上!你们不幸的特洛亚妇女啊,请看阿斯提阿那克斯的尸首——希腊人已把那孩子很残忍地由城墙上扔下来,把他摔死了!

〔塔尔提比俄斯偕众侍从自观众右方上,阿斯提阿那克斯的尸首由两个侍从抬进场来,那尸首是放在赫克托耳的盾牌里的。

塔尔提比俄斯　赫卡柏,还有一条船上的桨在那里等候着,就要把阿喀琉斯的儿子剩下的战利品运到佛提亚的海岸上去;涅俄普托勒摩斯①自己已扬帆归去了,他听见了他祖父珀琉斯受难的消息,说是珀利阿斯②的儿子阿卡斯托斯把他老人家赶出国外了,因此他不想耽误时间,匆匆就带着安德洛玛刻走了。那女人竟惹出了我许多眼泪,她离开海岸时,大声哭唤她的祖国,还向赫克托耳的坟墓道一声永别!她恳求我们把这尸首埋葬了,这孩子,你的赫克托耳的

---

① 涅俄普托勒摩斯,意为"新来的参战者",即阿喀琉斯之子皮洛斯。
② 珀利阿斯,伊俄尔科斯国王。皮洛斯的祖父珀琉斯住在他的国家。

儿子从那城墙上一跌下来,就断了气。她还恳求她的主子,不要把这铜皮的盾牌运到珀琉斯家里去——当死者的父亲把这盾牌举在胸前时,这正是阿开俄斯人所畏惧的。如今死者的母亲安德洛玛刻就要嫁到那家里去,她若在那里看见了这盾牌,必定会伤心!她说,就把她的儿子放在这里面埋葬,免得去找木棺,或是凿石穴。她叫我把这尸首交到你手里,你好给他穿上衣裳,戴上花冠,你只好尽你所能,尽你所有,因为她已经走了,她的主子去得太匆忙,使她无法埋葬这孩子。 1146

　　等你把这尸首装饰好了,我们就给他垒上坟土,在上面插一根矛①。你得赶快把她托付你的事情办好!我已减轻了你一件苦差事,当我经过斯卡曼德洛斯河畔时,我已把这尸体洗涤过了,把他的伤口弄干净了。我就去为他掘一个坟坑。让我们一起努力,好节省时间,然后摇着桨航行归去。 1155

〔塔尔提比俄斯偕二侍从自观众左方下。

赫卡柏　（向众侍从）请把赫克托耳的大圆盾放在地下,这景象在我看来真是凄惨,一点也不可爱!啊,你们阿开俄斯人,你们的武力远胜过你们的理智,你们为什么怕这孩子,做出了这空前未有的残杀?是不是怕他恢复这毁灭了的特洛亚?那么,你们未免太胆怯了!即便是赫克托耳的戈矛得势时——那时候还

~~~~~~~~~~~~~~~~

① 死者的亲友在死者坟上插一根矛,表示日后要替死者报仇。这是古希腊人的习俗。故而这句话似不该由希腊传令官来说。有的解作:"立起樯桅,扬帆远去。"

有许多人帮助他,我们都还一批批死在你们手里;如今我们的都城陷落了,佛律癸亚的英雄也死光了,你们倒怕起这孩子来了!我可不称赞这种没有经过推理的恐惧。　　　　　　　　　　　　　　　　1166

啊,最亲爱的,你死得多么悲惨!如果你享受过青春,享受过婚姻,享受过那尊贵的王权,再为你的城邦效命疆场,那倒是幸福,如果那些享受也是人间的幸福。但是呀,孩子,你虽然见过这王权,认识这王权,你心里却不明白这是什么东西,这种家庭幸福,你还未曾体验过!　　　　　　　　　　　　1172

可怜的孩子,你先人的城墙,阿波罗建筑的城墙,竟自就这样凄惨地磨去了你的头发,这美丽的鬈发,你母亲时常摸它,时常吻它!鲜红的血从这破骨间射了出来:这惨象我真不该形容。　　　　　1177

这双小手——这模样使我多么甜蜜地想起你父亲,现在伸在那里,松松地连在骨节上。这可爱的嘴唇呀,你先前说过多少夸口的话,如今却只是紧闭着;你曾跳到我的床前这样哄过我:"啊,祖母,我要为你割一大把头发,引一大群朋友到你的坟前,告一声亲热的永别!"但如今不是你为我送终,而是我这没有了城邦、没有了儿女的老年人来埋葬你这小孩,你这可怜的尸首。　　　　　　　　　　　　1186

哎呀,那长期的怀抱,那养育的劬劳,那为你而缺少睡眠的床榻全都是白费了!一个诗人会在你的坟前题两行什么样的诗句?"这孩子因希腊人的恐惧而丧命。"——这碑文真是希腊人的耻辱!　1191

啊,你虽然没有继承过你父亲的遗产,却得到了这黄铜的盾牌,就在这里面埋葬。啊,盾牌,你曾保护过赫克托耳的健美的手臂,你如今失去了那英勇的保持人!那把柄上留下的指痕真可爱,那圆边上留下的汗渍也都可爱:每当赫克托耳把你举到他的胡须下面、战得很辛苦时,那汗珠便时刻从他的额上滴了下来。 1199

快呀,快为这可怜的尸首带一些现成的衣饰来!命运不让我们有机会讲究装饰品。(向死者)我有什么,你就接受什么吧。

那自以为幸福永久可靠而狂喜的凡人真是愚蠢啊!那厄运就像一个疯子东跳西跳的,谁也不能永远走运,全然不转变。 1206

〔众妇女自帐内拿着衣饰和花冠上。

歌队长　她们从佛律癸亚人的被掠夺的物品里,取来了这些衣饰,准备交给你穿戴在死者身上。

〔赫卡柏把衣服裹在孩子身上,把花冠戴在他头上。

赫卡柏　我的孙儿呀,如今不是因为你骑马试箭胜过了同辈——这风气佛律癸亚人多么敬重!可又不曾竞争得太激烈——你的祖母才给你穿戴上这些装饰品,这先前本是你自己的,如今却叫众神所厌弃的海伦劫走了,她还害死了你的性命,毁灭了你的全家! 1215

歌队长　特洛亚最伟大的王子①呀,你真叫我伤心,叫我

---

① 指赫克托耳。

伤心!

赫卡柏　我现在把佛律癸亚最华丽的衣服裹在你身上,这应该在你结婚时,在你同亚细亚最高贵的公主结婚时,才能够披在你身上。

至于你,赫克托耳的可爱的盾牌,那许多战利品的胜利之母,你也戴上一顶花冠——你虽然没有死,也得和死者一起到坟墓里去,为你比那狡猾的恶汉俄底修斯所获得的盾牌①更值得人敬重! 1225

歌队长　唉,这悲惨的声音! 孩子呀,那泥土就要接受你了! 母亲,快哭呀!

赫卡柏　哎呀!

歌队长　快痛哭死者!

赫卡柏　哦哟!

歌队长　哦哟,你这难忘的苦痛啊! 1230

〔赫卡柏跪在死者旁边。

赫卡柏　我用这绷带来疗治你的创伤,我这可怜的人虽有医士之名,却不能医治啊! 至于那些其余的事情,你父亲自然会在冥府里替你关心的!

〔赫卡柏伏在地下不动。

歌队长　快拍打你的头,拍打你的头,用手把它拍响!

赫卡柏　哎呀呀,你们这些可爱的女儿啊!

〔赫卡柏举起头来。

歌队长　……②你说呀,快放出你的悲声! 1239

---

① 指阿喀琉斯的盾牌。
② 此处残缺几个缀音。

赫卡柏　众神并不想做什么别的,只是把灾难降到我身上,降到特洛亚城里,这都城是他们最恨不过的。我们真是白白地给他们杀牛献祭!若不是神……把我们摔在地下,①我们便会湮没无闻,不能在诗歌里享受声名,不能给后代人留下这可歌可泣的诗题。

　　快去,快去把尸首埋在那可怜的坟墓里!他已经戴上花冠,这是死者应有的装扮;我认为那些死去的人,即便享受了隆重的葬礼,他们也得不到什么啊!那葬礼不过是生存的人的一种虚荣。 1250

〔众妇女和众侍从抬着盾牌自观众左方下。

歌队长　唉,你那可怜的母亲,你这一死,把她一生的希望打得粉碎!你是从那高贵的血统里生出来的,你的幸福多么圆满,哪知你就这样悲惨地死了!

　　呀,我看见有人在伊利昂的高城上,手里舞着鲜明的火炬!什么新的灾难又临到了特洛亚城上？ 1259

〔塔尔提比俄斯偕众队长自观众右方上。

塔尔提比俄斯　队长们,你们是奉了命令来烧毁普里阿摩斯的都城的,我叫你们别把火炬攥在手里,不肯动作。快把火焰抛过去;等我们毁了伊利昂,就高高兴兴从特洛亚动身归去。 1264

　　你们特洛亚妇女啊,我这一道命令分两点:等我们军中的将领们发出那响亮的号声时,你们就得去到阿开俄斯人的船上,从这地方扬帆远去;至于你,受苦受难的老婆婆,也得跟着走!这些人是从俄底

---

① 这句话残缺五个缀音。"不"字是补充的。

修斯那里来带你的,命运要把你从这地方送出去,给
　　那国王做奴隶。　　　　　　　　　　　　　　　1271
赫卡柏　哎呀！这就是我最后的灾难,一切灾难的顶峰！
　　我就要离开我的祖国。我的都城着火了！这老迈的
　　脚步啊,你就艰难地上前去,让我同这可怜的都城道
　　一声永别。　　　　　　　　　　　　　　　　1276

　　　　特洛亚,你先前在非希腊的城邦里气焰真高,你
　　的好名声立刻就要消失了！他们竟把你烧毁了,还
　　要把我们从这地方带出去做奴隶。众神呀！——我
　　为什么要呼唤众神？我早就向他们祈祷,可是他们
　　哪里肯听？

　　　　唉,让我投入那火里,光荣地随着这火化的城邦
　　同归于尽！　　　　　　　　　　　　　　　　1283

　　　〔赫卡柏想跳进火里,却被众队长止住了。
塔尔提比俄斯　可怜的人,你竟自在苦难中发疯了！
　　(向众队长)快把她拖走,不要松手！我们得把这奖
　　品送去,交到俄底修斯手里。
赫卡柏　(哀歌①第一曲首节)哎呀呀,……②啊,克洛诺
　　斯的儿子③,佛律癸亚的主上,我们的老祖宗,你看
　　我们这样受苦,真辱没了达耳达诺斯④的子孙！　1292
歌　队　他倒是看见了,可是这伟大的都城依然毁灭了,

---

① 哀歌,歌队和演员互唱的歌。
② 此处残缺六个缀音。
③ 指宙斯。
④ 达耳达诺斯,特洛亚国王,传说由宙斯和厄勒克特拉(阿特拉斯的女儿)所生,所以他的子孙也是宙斯的子孙。

再没有特洛亚了!

赫卡柏　（第一曲次节）哎呀呀,伊利昂着火了,那高城上的屋宇,那城墙顶已化作了灰尘,那火里的宫殿也已坍塌了,倒在火焰里,倒在敌人的矛尖下!

歌　队　我们的城邦毁灭了,毁灭在矛尖下,就像那云烟叫风的羽翼散布到天空去了!

赫卡柏　（第二曲首节）我的土地呀,这养育儿孙的土地呀!

歌　队　唉!

赫卡柏　我的孩儿,你们该听见,该识得母亲的声音!

歌　队　你在悲唤那些死去了的人!

赫卡柏　我把这老迈的肢体伏在地下,双手拍着这土地①。

歌　队　我也跟着你跪在地下,呼唤我那不幸的丈夫,呼唤那冥府里的鬼魂。

赫卡柏　我们被人带走了,被人拖走了!

歌　队　你哭得多么伤心,多么伤心!

赫卡柏　我们就要离开祖国,到别人家里去做奴隶。哎呀,普里阿摩斯,普里阿摩斯,你死后虽没有亲人来埋葬,但也不至于感觉我这些苦难。

歌　队　黑暗的死罩上了他的眼睛,那敬神的人竟叫那不敬神的人杀死了!

〔火更大了。

赫卡柏　（第二曲次节）众神的庙宇和这可爱的都城啊!

---

① 以此呼唤地下的死者。

歌　队　唉！

赫卡柏　这毁灭的火焰和杀人的矛尖已经把你们压倒了！

歌　队　你们就要倒在这可爱的土地上,湮没无闻。

赫卡柏　那尘埃的羽翼似浓烟弥漫天空,使我看不见家乡。

歌　队　这土地的名声已丧失了,一切都已飘散了,不幸的特洛亚从此灭亡！

〔景后发出巨大的坍塌声,烟尘更大了。

赫卡柏　你们听见没有？你们懂得吗？

歌　队　特洛亚城在坍塌！

赫卡柏　这震动,这震动会倾陷全城！哎呀,这战栗的,战栗的腿啊,快支持我步行,引导我去过奴隶生活。

〔号声起了。

歌　队　(唱)永别了,不幸的都城呀！(向赫卡柏)快迈着你的脚步,去到阿开俄斯人的船上！

〔号声再起,塔尔提比俄斯偕众队长押着赫卡柏和歌队自观众右方下。

"外国文学名著丛书"书目

第 一 辑

书 名	作 者	译 者
伊索寓言	〔古希腊〕伊索	周作人
源氏物语	〔日〕紫式部	丰子恺
堂吉诃德	〔西班牙〕塞万提斯	杨 绛
泰戈尔诗选	〔印度〕泰戈尔	冰 心 石 真
坎特伯雷故事	〔英〕杰弗雷·乔叟	方 重
失乐园	〔英〕约翰·弥尔顿	朱维之
格列佛游记	〔英〕斯威夫特	张 健
傲慢与偏见	〔英〕简·奥斯丁	王科一
雪莱抒情诗选	〔英〕雪莱	查良铮
瓦尔登湖	〔美〕亨利·戴维·梭罗	徐 迟
欧·亨利短篇小说选	〔美〕欧·亨利	王永年
特利斯当与伊瑟	〔法〕贝迪耶	罗新璋
巨人传	〔法〕拉伯雷	鲍文蔚
忏悔录	〔法〕卢梭	范希衡 等
欧也妮·葛朗台 高老头	〔法〕巴尔扎克	傅 雷
雨果诗选	〔法〕雨果	程曾厚
巴黎圣母院	〔法〕雨果	陈敬容
包法利夫人	〔法〕福楼拜	李健吾
叶甫盖尼·奥涅金	〔俄〕普希金	智 量
死魂灵	〔俄〕果戈理	满 涛 许庆道

1

书　名	作　者	译　者
当代英雄	〔俄〕莱蒙托夫	草　婴
猎人笔记	〔俄〕屠格涅夫	丰子恺
白痴	〔俄〕陀思妥耶夫斯基	南　江
列夫·托尔斯泰中短篇小说选	〔俄〕列夫·托尔斯泰	草　婴
怎么办？	〔俄〕车尔尼雪夫斯基	蒋　路
高尔基短篇小说选	〔苏联〕高尔基	巴　金等
浮士德	〔德〕歌德	绿　原
易卜生戏剧四种	〔挪〕易卜生	潘家洵
鲵鱼之乱	〔捷〕卡·恰佩克	贝　京
金人	〔匈〕约卡伊·莫尔	柯　青

第 二 辑

荷马史诗·伊利亚特	〔古希腊〕荷马	罗念生　王焕生
荷马史诗·奥德赛	〔古希腊〕荷马	王焕生
十日谈	〔意大利〕薄伽丘	王永年
莎士比亚悲剧五种	〔英〕威廉·莎士比亚	朱生豪
多情客游记	〔英〕劳伦斯·斯特恩	石永礼
唐璜	〔英〕拜伦	查良铮
大卫·科波菲尔	〔英〕查尔斯·狄更斯	庄绎传
简·爱	〔英〕夏洛蒂·勃朗特	吴钧燮
呼啸山庄	〔英〕爱米丽·勃朗特	张　玲　张　扬
德伯家的苔丝	〔英〕托马斯·哈代	张谷若
海浪　达洛维太太	〔英〕弗吉尼亚·吴尔夫	吴钧燮　谷启楠
哈克贝利·费恩历险记	〔美〕马克·吐温	张友松
一位女士的画像	〔美〕亨利·詹姆斯	项星耀
喧哗与骚动	〔美〕威廉·福克纳	李文俊
永别了武器	〔美〕欧内斯特·海明威	于晓红

书　名	作　者	译者
波斯人信札	〔法〕孟德斯鸠	罗大冈
伏尔泰小说选	〔法〕伏尔泰	傅　雷
红与黑	〔法〕司汤达	张冠尧
幻灭	〔法〕巴尔扎克	傅　雷
莫泊桑中短篇小说选	〔法〕莫泊桑	张英伦
文字生涯	〔法〕让-保尔·萨特	沈志明
局外人　鼠疫	〔法〕加缪	徐和瑾
契诃夫小说选	〔俄〕契诃夫	汝　龙
布宁中短篇小说选	〔俄〕布宁	陈　馥
一个人的遭遇	〔苏联〕肖洛霍夫	草　婴
少年维特的烦恼	〔德〕歌德	杨武能
德国,一个冬天的童话	〔德〕海涅	冯　至
绿衣亨利	〔瑞士〕戈特弗里德·凯勒	田德望
斯特林堡小说戏剧选	〔瑞典〕斯特林堡	李之义
城堡	〔奥地利〕卡夫卡	高年生

第　三　辑

埃斯库罗斯悲剧二种	〔古希腊〕埃斯库罗斯	罗念生
索福克勒斯悲剧二种	〔古希腊〕索福克勒斯	罗念生
欧里庇得斯悲剧二种	〔古希腊〕欧里庇得斯	罗念生
神曲	〔意大利〕但丁	田德望
西班牙流浪汉小说选	〔西班牙〕克维多　等	杨　绛　等
阿拉伯古代诗选	〔阿拉伯〕乌姆鲁勒·盖斯　等	仲跻昆
列王纪选	〔波斯〕菲尔多西	张鸿年
蕾莉与马杰农	〔波斯〕内扎米	卢　永
莎士比亚喜剧五种	〔英〕威廉·莎士比亚	方　平
鲁滨孙飘流记	〔英〕笛福	徐霞村

书　名	作　者	译　者
彭斯诗选	〔英〕彭斯	王佐良
艾凡赫	〔英〕沃尔特·司各特	项星耀
名利场	〔英〕萨克雷	杨　必
人性的枷锁	〔英〕威廉·萨默塞特·毛姆	叶　尊
儿子与情人	〔英〕D.H.劳伦斯	陈良廷　刘文澜
杰克·伦敦小说选	〔美〕杰克·伦敦	万　紫　等
了不起的盖茨比	〔美〕菲茨杰拉德	姚乃强
木工小史	〔法〕乔治·桑	齐　香
恶之花　巴黎的忧郁	〔法〕波德莱尔	钱春绮
萌芽	〔法〕左拉	黎　柯
前夜　父与子	〔俄〕屠格涅夫	丽尼　巴金
卡拉马佐夫兄弟	〔俄〕陀思妥耶夫斯基	耿济之
安娜·卡列宁娜	〔俄〕列夫·托尔斯泰	周扬　谢素台
茨维塔耶娃诗选	〔俄〕茨维塔耶娃	刘文飞
德国诗选	〔德〕歌德　等	钱春绮
安徒生童话选	〔丹麦〕安徒生	叶君健
外祖母	〔捷〕鲍·聂姆佐娃	吴　琦
好兵帅克历险记	〔捷〕雅·哈谢克	星　灿
我是猫	〔日〕夏目漱石	阎小妹
罗生门	〔日〕芥川龙之介	文洁若

第　四　辑

一千零一夜		纳　训
培根随笔集	〔英〕培根	曹明伦
拜伦诗选	〔英〕拜伦	查良铮
黑暗的心　吉姆爷	〔英〕约瑟夫·康拉德	黄雨石　熊　蕾
福尔赛世家	〔英〕高尔斯华绥	周煦良

书　名	作　者	译　者
月亮与六便士	〔英〕威廉·萨默塞特·毛姆	谷启楠
萧伯纳戏剧三种	〔爱尔兰〕萧伯纳	潘家洵 等
红字　七个尖角顶的宅第	〔美〕纳撒尼尔·霍桑	胡允桓
汤姆叔叔的小屋	〔美〕斯陀夫人	王家湘
白鲸	〔美〕赫尔曼·梅尔维尔	成　时
马克·吐温中短篇小说选	〔美〕马克·吐温	叶冬心
老人与海	〔美〕欧内斯特·海明威	陈良廷 等
愤怒的葡萄	〔美〕斯坦贝克	胡仲持
蒙田随笔集	〔法〕蒙田	梁宗岱　黄建华
悲惨世界	〔法〕雨果	李　丹　方　于
九三年	〔法〕雨果	郑永慧
梅里美中短篇小说选	〔法〕梅里美	张冠尧
情感教育	〔法〕福楼拜	王文融
茶花女	〔法〕小仲马	王振孙
都德小说选	〔法〕都德	刘　方　陆秉慧
一生	〔法〕莫泊桑	盛澄华
普希金诗选	〔俄〕普希金	高　莽 等
莱蒙托夫诗选	〔俄〕莱蒙托夫	余　振　顾蕴璞
罗亭　贵族之家	〔俄〕屠格涅夫	陆　蠡　丽　尼
日瓦戈医生	〔苏联〕帕斯捷尔纳克	张秉衡
大师和玛格丽特	〔苏联〕布尔加科夫	钱　诚
茨威格中短篇小说选	〔奥地利〕斯·茨威格	张玉书 等
玩偶	〔波兰〕普鲁斯	张振辉
万叶集精选	〔日〕大伴家持	钱稻孙
人间失格	〔日〕太宰治	**魏大海**